저 말고 모두가
노는 밤입니다

저 말고 모두가 노는 밤입니다

정경훈 시집

팩토리나인

시인의 말

지나가는 곳마다 손을 흔들었고
나는 바삐 가던 길을 멈춰 서
이별이 아닌 것처럼 웃어버렸다

2018년 12월 정경훈

목차

시인의 말

1 서성이는 질문들로 하루를 채웠네

젊은이 012 아무 말이 아무 말이 아니고 013 소모품 014
한 번이라도 016 문학의 이해 018 인류애 019 비 020
무엇이 우리를 이렇게 살아가게 하는가 021
동네 길 022 연트럴파크 024 밤은 좋고 그래서 나쁘다 026
토요일 028 생활 030 본질 032
서성이는 질문들로 하루를 채웠네 034 태양 035
심리 치료 036 체리 향 시가 037 제비 다방 038 과업 039
저 말고 모두가 노는 밤입니다 040 이것도 시입니까 042
구해줘 043 호텔블루 044 청춘 045 간증 046 가을 048
청사진 049 2호선에 몸을 실었다 050 ～대하여 052
다시, 봄 053 트랜스 054 발가락에 담배를 꽂아두고 056
한강은 바다를 그리워할까 057 공복 48시간 058
언더 크레마 059 첫 담 060 2017 062 행복해? 064
나의 밤 066 나의 벗에게 067

2 네가 나오는 꿈이 내 전부였는데

걸을까 우리 070 소니니 072 잘 자요 074 핑크 076

춤 078 그레이 080 경기도 화성1 082

서리 내린 창가 언저리에 남긴 편지 083 희, 미해지는 084

마지막 눈이 내리면 086 경기도 화성2 088

미워할 수 없는 너는 090 사랑니 091 어여쁜 밤 092

앗 093 하수구의 잡초 094 용기 096 봄날은 간다(2001) 097

공휴일 098 애정과 결핍이 만나 100 몽상 102

화농성 여드름 104 짝사랑1 106 외사랑 108

그리고 일주일 109 작은 방 잦은 이별 110 제주도 드림 112

짝사랑2 114 연기 연가 115 현모양처 116 콩깍지 118

어른 아이 120 집들이 121 깨달음 122 무대륙 123

미련 124 네가 나오는 꿈이 내 진부였는데 125

바람 126 과일가게 앞 눈밭 위에서 127 열 128

소녀는 악마야 130 나만 몰랐던 사랑 132 사랑의 순례 133

착각 134 사랑은 그대라는 이름 135

첫마디를 적고 벅차오르는 그대들에게 136 겁쟁이 137

읽어보는 라디오 138 국어사전을 펼쳤어요 139 인천에서 140

나는 너의 기상청 142 자장자장 우리 아가 144 무릎 언저리 145

변하지 않는 해처럼 146 비 내리는 거리에서 148 서신 149

3 힘껏 소리쳤다 들리지 않았을 뿐

목구멍으로부터 152 네가 그날을 알아? 154 다다이즘 156

술래잡기 158 솔직했더라면 160 잔소리가 그리워서 162

아버지가 죽었대 163 나타나줘 166 신림로 44다길 168

힘껏 소리쳤다 들리지 않았을 뿐 170 디데이 171

그 언덕길에 172 미생 174 넋 175 기념일 176

새벽의 송가 177 사월 178 파출 이모 179 황량 180

예은 추모공원 182 자책 블루스 184 비염 186

무제 187 소낙비 188 APRO 189 가시 190

당신이 잠든 사이에 192 사몽思夢 193 7계명 194 준비 195

겨울이 지나가도 196 반지하 우리 집 197

석양이 지면 198 한무극(3월 23일) 200 상하차 202

아이야 204 독고집 206 일 년의 기록 208 그림자 210

뚜악 212 당신에게 유언을 남깁니다 213

1   서성이는 질문들로 하루를 채웠네

젊은이

어이, 거기 젊은이
자리 내어줄 테니 앉아서 가요

오늘 하루 고생했어요
산다는 게 참 힘들죠?

방금 본 사이라, 그저 말 한 번 걸어본 사이라
토닥여주지는 못하지만

젊은이, 쉬었다 가요

아무 말이 아무 말이 아니고

너는 벌집을 건드린 거고
아기 꿀벌은 빛나는 걸 좋아하니
너에게로 달려들어 침을 쏠 거야

잦게 들러붙은 꿀방울이 아름답구나
유혹은 사랑스러운 이기심이지
너에게로 비행해야겠구나

낙엽과 벚꽃이 내리면 살고
여름 해가 짧게 누우면 죽을 만큼의 큰 결심을 하는 거야
준비는 끝났어

까탈스럽게 문장을 고르는 너의 입술을 쪽쪽 빨아먹을 거야

소모품

어쩌다 보니 갯벌에서 자라는 인어가 되었고

어쩌다 보니 담뱃값이 없어도 앞니에는 재가 매달려 있고

어쩌다 보니 장님이 되어 도로 위에서 시집을 태워버리고

어쩌다 보니 눈물샘 없이 잉태되었고

어쩌다 보니 부모 없는 태교를 듣다가
이 없는 잇몸으로 탯줄을 끊어버리고

어쩌다 보니 생일이 생겨 축하를 받다가
일기장을 꺼내 죽고 싶다는 말을 적고

어쩌다 보니 라이터를 켜다가 눈썹이 타버려도
아무렇지 않게 되고

어쩌다 보니 술잔은 깨지고 당신의 영정 사진이 보이지 않고

어쩌다 보니 숙취가 유일한 삶의 생계가 되고

어쩌다 보니 이별이 가장 편안한 휴무가 되고

어쩌다 보니 많은 사람들 속에서 외톨이가 되고

어쩌다 보니 쓰다가 버려지는 사람이 되고

어쩌다 보니 나는 쓸모없는 소모품으로 남겨지고

한 번이라도

정신없이 울다가 흰자와 검은자가 뒤바뀌어본 적 있나요

지하철 2호선에서 눈물을 훔치는 도둑을 본 적 있나요

한강대교에서 노래를 틀고 구두를 벗어본 적 있나요

초인종 소리에 화들짝 놀라 구석으로 도망가본 적 있나요

전봇대에 그려진 토사물에서 짝사랑의 얼굴을 본 적 있나요

떨어지는 벚꽃을 보고 죽을 만큼 아파본 적 있나요

골목길을 걷다가 혹시나 마주칠까 설레어본 적 있나요

이불을 코까지 덮다가 그 사람 이름을 불러본 적 있나요

사랑에 목이 메어 온갖 술을 들이켜본 적 있나요

운명이라 생각했던 일들이
기시감의 장난이라고 느껴본 적 있나요

그리고

손목에 적힌 혈서가 당신의 것이라는 걸 알고 있나요

문학의 이해

배움을 아니해서 배운 것이 없어요
알고 있는 게 없어요

문학
시
부모의 마음
사랑

갈 길이 외로워서
아무것도 알고 싶지 않아요

인류애

송곳니로 잇몸을 찔러보자
송곳니에 잇몸을 찔러보자

아! 좋다

고통스럽지 않아?
피를 꿀꺽 들이켜봐

아! 얼마나 좋아

그들이 아른거리니
아픔에도 정이 들었다

비

밤비가 이 밤을 적시고 무뎌졌던 당신의 형상은
방울이 되어 공중으로 흩어지네
오래전 일이라 생각했던 눈물은 어색한 걸음으로
방문을 두드리네
흐르는 것과 흘러가는 것은 비바람이 아니었고
미친 듯이 퍼붓는 뜨거운 것으로 오늘을 정리했네
어지러운 세상에서 혼자 부대끼고 싶었네
어눌해진 신념을 그대로 아껴두었네
당신은 내게 그만 아파하라며 빗소리를 들려주었네
아픔을 이기는 것이 이토록 외로운 것인지 몰랐네
곁에 있다가 사라지면 다시 외로워시고,
없다가도 다시 있으면 나약함을 박제해둘 구도를 찾고 있네
누구는 나의 삶이 저주라 하고 누구는 축복이라 말하네
한참을 울다 지칠 법도 한데 다시 한참 동안 울었네
한숨이 별처럼 떠다니고
창문 틈에 고여 있던 빗물이 벅차오를 때
나는 당신이 살고 있는 시간 속으로 뛰어들었네
이게 저주라면 난 행복해
빗소리에 맞춰 자장가를 불렀네

무엇이 우리를 이렇게 살아가게 하는가

광장에서 보았던 새들은
서로 부딪히는 법 없이
날아오르는 삶을 배워 가는데

우리는 왜
배움이 무엇인지 알면서도
게으름이 무엇인지 알면서도
제자리에서 맴도는 것인가

동네 길

'잠재적 슬픔'
구석에 비둘기는
혼잣말을 중얼중얼

'잠정적 언약'
지나치는 모퉁이는
헤어졌다 다시 만나기를 약속하고

'부정적 의리'
다시 내리면
같이 사라지자며
폭설은 녹으며 말했다

눈사람이 서 있던 자리에
물 닮은 눈이 곪아 있고

매일매일이
마주치고 멀어지는
사람과 길 사이

엇갈리고
비껴가며
아슬아슬해지는
인연들

연트럴파크

오늘은 어떤 하루를 보내셨나요?

먼저 말씀을 드리자면 뜻 없이 끄적이는 글은 아닙니다
질투도 아니고 충고도 아니고 핑계도 아닙니다
호기심일 뿐입니다
저는 풀밭에 누워 노트북을 열고
생각을 써 내려가는 중입니다
허리에는 무극이 형의 잔디 같은 머리가 누워 있고 가랑이
사이에는 희준이 형이 양반다리를 하고 앉아서 마스크를 뒤
적이고 있습니다 재곤이 형은 일을 하는 중입니다 레시피가
무척 어렵다며 툴툴거리네요 나이는 남자에게 그다지 중요하
지 않나 봅니다 성진이 형은 피시방을 가자며 집에서 나오는
중인가 봅니다 솔직히 말하면 가기 싫어요
왼쪽으로 시선을 맞추면 여덟 명의 회사원들이 소주를 마시
고 있고 오른쪽으로 시선을 옮기면 이상한 봉투를 든 여자
한 명이 목적 없는 걸음을 걷고 있습니다 아, 남자친구를 기
다리나 보네요 헤어졌으면 좋겠습니다 제 엉덩이 뒤쪽에는
한 커플이 도로 의자에 앉아서 방방 뛰어다니는 개 한 마리
를 보며 박장대소를 하고 있습니다 역시나 헤어졌으면 좋겠

습니다 제 눈썹 앞으로 아기가 지나다닙니다
아가야 귀엽구나 너는 커서 오빠 같은 사람이 되지 않길 바라
날씨가 좋으니 많은 인파가 몰리는 이곳입니다
아름다운 밤입니다
사실은 의식의 흐름대로 끄적이는 글입니다
나름 괜찮은 방식인 거 같아서 조금은 웃습니다
웃다 보니 풀독이 오르는 것 같습니다
그럼 저는 여기까지 하고 사라지겠습니다

오늘도 수고하셨습니다

밤은 좋고 그래서 나쁘다*

어제의 나는 잠이 들고
오늘의 나는 여기 있는데
기록된 어원에는 내가 없네

페이지를 접고
책을 덮은 것은 나였는데

하루가 지나고 나서야
마음에 차지 않는 것들이
재떨이로 걱정만치 쌓여가니

밤이 흐를 때 나는 변한 것이었네

어제의 나는 기필코 죽었고
오늘의 나는 끝끝내 연명하는 중이네

마침표가 흩날리던 결핍
조금은 기억나네

죽고 못 살았던 당신의 문맥
조금은 알 것 같네

더뎌지는 손의 매너리즘
바람의 반항이 거세지네

몸져누운 날 달빛을 베어 무니

후
밤중에 무슨 일이 일어났나

* 파니핑크, 〈사랑의 단상 Chapter3 :Follow You Follow Me(2011)〉, '밤은 좋고 그래서 나쁘다'

토요일

캬 흔들흔들 섹시댄스 두둠칫 둠칫 파워풀 여인의 골반 '그
리워 너의 몸' 뿜뿜 아찔한 웨이브 어이쿠 크나큰 가슴골 월
월월월월 빵댕이와 요란한 트월킹 무릎 바운스바운스 연골
뿌셔 봉 잡고 비비빅 올 때 메로나 프리드링크 말리부오렌
지 앙 기모찌 예아 옥타곤키스남 여기는 홍대 너는 누구 나
는 누구 흡연은 밖에서 또는 안에서 바텐더 쉐이킹 난리법
석 허접한 쇼 발정난 수컷 눈깔 돌려돌려 무리의 여성들 눈
갱 악 씨발 속닥속닥 옆에 있던 나 넌씨눈 아주 웃겨 원바틀
투바틀 눈이 감겨 허리에 팔이 감겨와 누구세요 술 먹을래
요 읽씹 어깨빵 으악 허세 오지고요지리고요 사실 쫄았고요
너 안 봤고요 위아래 훑지 마시고요 예뻐서 본 거 아니고요
퍽퍽 싸움구경 주먹싸움 아니고 머리채싸움 물론 남자들 웩
구석에서 구토 시금치 김치 빨강 노랑 초록 파랑 뭐여 뭘 먹
은 거여 화장실 찾아 삼만리 이열치열 몸싸움 럭비인 줄 가
던 길 눈 마주친 여인 어디서 많이 봤는데 아 전여친 친언
니 당황 쑥쓰쑥쓰 그럼 이만 줄줄줄줄 알코올 쓰레기 냄새
도 쓰레기 옆에 남자는 외국남자 말잇못 세상에서 제일 커
응 그거 이제 못 놀아 젊은 나이에 언제 놀 거야 아니야 나
는 늙어서 놀게 집에 보내줘 제발 이개새끼형들아 어머 쏘링

말하고 싶지만 말 못할 이야기 막내생활 청산하고 도망치고
싶다 첫차 언제 오나 세월아네월아 가야겠다 진짜 가야겠어
요 저 갈게요 오르락오르락 계단 비틀비틀 하체 썬칩 눈부셔
아첨이다 해탈 이게 중요한 게 아니라 멜랑꼴리 뒤섞이는 남
녀 부끄러워 그만하고 신촌으로 떠나라 나는 글을 쓸 테니
너희는 떡을 이제부터 해석은 알아서

생활

후줄근한 바지 밑단으로 쌀쌀한 바람이 뿌리쳤다

선물 받은 그림을 끌어안고 터덜터덜 걷다가
익숙한 거리를 익숙한 폼으로 지나쳤다

손님이 끊이지 않던 빵집과 로컬숍은 저녁을 등에 업고
아침을 준비하기 위해 문을 닫고 있었다

패스트푸드점은 밤낮이 없는 세상이다
소리 없이 들어가 언어가 없는 지문으로 주문을 한다
햄버거 세트가 준비되면 나는 다시
인파들 속으로 빨려 들어간다

울퉁불퉁한 머리들이 물결처럼 보인다
저 많은 사람들은 어디로 흘러가는 걸까

어느새 낯선 골목이 꼬리를 내린 속눈썹과 충돌했다
머리가 고생이면 몸 또한 고생이다
개똥 같은 생각은 버리자

허리띠를 올리고 선물 받은 그림을 세게 껴안았다

뒤꿈치를 낮게 띄우자 발가락이 울창한 길을 만들었다

여기가 어디지

나는 왜 이곳으로 왔을까
정처 없는 의문은 정처 없는 도착지를 기억하고 있다

본질

너 같은 애가 무슨 글을 쓰냐
나 같은 새끼는 글 쓰면 안 돼

사회적 약자여서 돈이 없어서 정신병이 있어서 아버지를 잃
어서 어머니를 몰라서 문학을 배우지 못해서 성숙하지 못해
서 철이 들지 않아서 성격이 막돼먹어서 움츠리기 바빠서 숨
는 것이 습관이 돼서

그렇기에 시시각각 모든 것을 볼 수 있다
작은 것 하나에 사색할 수 있고 배고픔을 알고 있기에
미치지 않을 수 없고 잠드는 시간이 아깝다는 걸 일기에
낮과 밤의 경계를 나누지 않는다

그래서 나 같은 놈이 글을 써야 한다

나는 글을 쓰고 있다 또는
시를 읊고 있다

무엇인가를 해야 한다
뱉은 말은 지켜야 하고 결과를 이뤄야 한다

고생 끝에도 낙落이다
그럼에도 희로애락을 믿고 고진감래를 기다린다

당신을 생각하고 세상을 골몰하다가 종잇장을 다듬고
피폐한 사랑을 써 내려간다

서성이는 질문들로 하루를 채웠네

나는 나에게 슬픔을 물었던 적이 있었나
울음을 거역하는 일이 슬픔이었나

벅차오르다 삼켜내는 것들
쓰라리다 보통이 되는 것들
전부 무엇이었나

말하지 못한 미움을 회개하고 싶었고

그저
낮게 우는 바람을 안고 싶었다
비어진 가슴을 채워주고 싶었다

그러한 마음이라 해도
다가가지 못했던 나는
그러지 못했던 나는

의미 없는 슬픔이었다

태양

그게 아니고
그게 아니라

내 마음은 그게 아니야

그러니까
내 마음은 그게 아니었어

이게 아니고
이게 아니라

내 마음은 이게 아닌데

그러니까
내 마음은 이게 아니었어

미안해

근데
너는 나 사랑해?

심리 치료

그럴 때 있잖아 황혼에서 새벽까지, 하루에 경계선이 없다면 종일 방구석에 쭈그려서 울고 싶을 때, 누군가가 그리워서 자신이 슬퍼 보여서, 모기가 빨아낸 생채기가 안쓰러워서 울컥하기도 해 머저리 같아, 그치?

내 입에서 나오는 말들은 전부 오해를 몰고 다녀 열에 여덟은 오해, 둘은 동정심 가까워지고 싶었고 장난도 쳐보고 싶었어 별거 아닌 말이 뒤에서는 예의 없는 놈이 되고 못 배운 놈이 되어버리더라 입이 가벼워서 그런가 봐 자물쇠 하나 걸어놔야겠어 튼튼하고 철든 걸로 말이야

그렇게 보지 마 동정의 눈빛으로 쳐다보지 마 너의 좁은 이마에 쓰여 있잖아 동정이 얼마나 비참한 감정인지 알고 있기는 하니 매일 같은 옷 같은 모자를 써도 그렇게 보는 거 아니야 너 어제 입은 팬티 오늘도 입은 거 다 알아 그냥 모른 체 해줄게

체리 향 시가

안녕, 오래, 만, 가죽 재킷, 청바지, 구두, 신고, 뚜벅, 또각,
화장품, 담은, 비싼데, 쇼핑백, 황사, 마스크는, 없, 와우산
로, 27길, 마네킹, 줄지어, 서교초, 아기들, 뛰어, 다치면, 안,
쪼르르, 귀여워, 담벼락, 밑에, 담쟁이, 넝쿨, 사람들, 걷, 외
국인, 헬로, 우, 쏘리, 영어, 못, 공부, 할걸, 다 지나, 반지하,
의자에, 앉, 스피커, 귓바퀴, 맹맹, 쇼핑백, 또, 열고, 감탄,
과분해, 나, 받아, 괜찮을까, 로션, 스킨, 이건, 뭣, 무엇, 크
림, 피부에, 좋, 꼭, 바를게, 어세오, 찾으시는, 있으, 네, 안녕
히, 가, 꼬르륵, 배가, 움, 뭐 먹지, 그거, 가츠동, 먹, 포장해,
빨리, 그리고, 단무지, 많, 챙겨, 와, 식으면, 움, 뚜벅, 또각,
오, 뛰, 왔냐, 음, 맛있, 역시, 힛, 담배, 피, 가자, 콜록, 황사
가, 문제, 근데, 쇼핑백, 구석, 개, 똥, 같은, 저거, 무엇, 뭔데,
ㅋㅋ, 시가, 체리 향, 야, 뭘, 이런, 걸, …, 고맙다

시가는 깊게 들이마시면 안 돼
달콤하더라도 주의해
인생이란 게 그렇잖아

제비 다방

방울방울 매달리는 테라스의 여름
소나기, 휴일의 소나기를 따라 미끄러지네

사각 얼음에 동동 콧소리가 들리면
말라 있던 꽃잎에 그해 여름 잔향이 떠다니네

내리쬐는 이방인의 소음
한가로운 원두의 움직임
다방에서 시작하고 잠이 들면 끝나는 음악

나는 웃고 너는 숨기는
여름밤의 사소한 별빛

와인 한 잔 어떠세요?

실링팬은 눈을 피하지 않을 뿐
그 자리 그곳에서 넌지시 춤을 추고 있네

돈도 없고 좆도 없지만
낭만은 다시 말을 거네

과업

꼬꾸라진 담배꽁초
짝꿍이 될 수 없는 오른발과 왼발
가로등 밑으로 버려지는 노랫말
배려라 일컫는 몇 개의 거짓말
표현 없는 사랑과 믿음
그리고 우정
기다리는 연락
오지 않을 연락
소비는 감정이 하는 일
충족은 배를 채우는 짓
바라면 죽고
죽으면 이루어지는
기괴한 인생
진부하고 지루한 인간
하품하는 벽걸이 시계
그렇고 그런 것들

부질없는 하루
그리고 또 하루

저 말고 모두가 노는 밤입니다

쇠창살이 낀 창문을 드르륵 열고
마시다 남은 코카콜라 캔을 가져와
나무로 된 턱 중반 즈음에 올려놓았습니다

향초에 불을 붙이고 담배 하나를 집어
불 하나를 더 붙였습니다

한 시간 전에 재생했던 노래가 다시 살아나고
그 음에 맞춰 근육들이 뛰었다가 쉬었다가
야밤에 운동을 시작했습니다

가로로 배치된 줄무늬 이불은
담배 냄새와 어울리면 안 됩니다
일종의 보편적인 강박이랄까요

오래도록 바람을 보냈다가 맞이하고
다시 보내는 과정을 반복할 예정입니다
미련 하나까지도 남으면 안 되는 것입니다

바람소리와 구독하는 소설의 목소리가 꽤나 찰떡궁합입니다
예컨대 생각지도 못했던 조합은 희열을 느끼게 합니다
물론 순진무구한 감정 중에 하나입니다

저 말고 모두가 노는 밤입니다
전화벨이 울리고 술 한잔하자는 형들과
수화기 너머 자지러지는 누나들의 웃음소리가
제 마음을 참을 수 없게 흔들어댑니다

창문을 닫아야 할 것 같습니다
바람이 바람을 잡아먹는 밤입니다

이것도 시입니까

글이 별로야, 시도 별로야, 내가 쓴 것 전부 다 별로야, 아, 그래, 밤하늘에 별이 되자, 별나라로 가자, 멍멍, 뭔 소리냐고? 이것도 글이다, 이것도 시다, 하면서 온갖 멋진 척, 예술인 척, 하는 중이다, 퉤, 내가 찬 시계, 아버지 유품이다, 지금 입은 티셔츠는, 돈이 없어서, 하나 줍고, 찍찍, 영어로 싸지른 티셔츠다, 신발은 케이크와 함께, 옛사랑한테, 선물 받은 거, 바지는 17살 때부터, 입던 바지다, 내가 산 것들, 하나도 없다, 아, 돈 벌어야지, 그래서 열두 시간 동안, 뛰어다니면서, 주문받고, 그릇 치우고, 서빙한다, 막차 타려고, 매일, 존나 뛰어간다, 약 없으면, 잠도 못 자는 놈이, 뭐 하나 이뤄보려고, 약에 눈길도 안 주고 있다, 나 이렇게 산다, 멋진 척, 예술인 척, 온갖 폼은 다 잡고 산다, 앞으로도 이럴 거다, 돈 많이 벌어서, 하나 남은 우리 누나랑 잘 살 거다

구해줘

빈칸에서 창작의 끝을 잡고
오밤중에 살아보자고 신호탄을 쓰고
타자기에 불씨를 쏟았다

뜨거운 것이 손톱에 끼고
고통과 절규가 발발하고 나서야
멋없이 길기만 했던 그것을 잘라내야겠다고
떠도는 말을 읊어댔다

엉덩이 밑으로 퍼지는 노래는
첫 경험의 낯섦과 짜릿함이 교차 중이고

바닥이 드러난 생수병은
당신이 달고 살았던 링거로 바꿀 참이다

고통 속에서 선회하는 중이고
기쁨 속에서 타락하는 중이다

구원이라는 게 존재할까

호텔블루

합평을 바란 건가요
끽해봤자 가벼운 말만 뱉어내고 진심은 어물쩍 넘길 거면서

비평을 해볼까요
맘 상할 것 같아, 삐치지 않기로 해, 담아 두기 없어, 그럼
술 한잔하면서 이야기하자, 모여 모여, 짠!, 야, 이번 글은 그
다지, 그림은 좋은데 잘 모르겠어, 모델 하려면 진짜 미쳐야
돼, 내 친구들 그리고 나는 말도 안 되게 열심히 했어 인마,
뭐가 그렇게 힘들다고, 꼰대 같았지 미안

합평일까요 비평일까요
충고가 아닐까요

차라리 이런 대화가 감정 소비에 덜 하죠
어, 저번 파티에서 뵀었는데, 반가워요, 글 잘 봤어요,
너무 좋아요, 얼굴도 잘 보고 있어요, 까르륵

어느 말을 얹어도 무게를 지키는 대화들
가벼움의 사치가 좋을 때도 있지요

청춘

맞춰진 시간에 움직이는 사람들
옷을 벗어던지고
어서 나가 뛰어놀자

다 끝났다

대본을 읽는 것처럼
연기를 하는 것처럼
탈을 쓰고 놀아나는
이곳에서

다 끝났다

우리의 연극
나의 씬

블라인드를 펼쳐라
집으로 가자

간증

저는 착한 사람이 아닙니다 언제까지나 착해 보이고 싶을 뿐입니다 훑어보는 눈동자는 무섭고 뒷얘기는 잠 없는 밤을 기약하게 합니다 그냥 웃습니다 즐겁습니다, 즐겁습니까? 네, 즐거워야 합니다 교정기를 내보이는 일은 쑥스럽지만 어쩔 수 없습니다 그래야만 진정 우스워 보이기 때문입니다 우스워 보여야 막내입니다 눈칫밥은 맛있습니다 오래간만에 배가 부릅니다 다 드셨나요? 일어서지 마시고 편히 계세요 제가 치우겠습니다 이런 잡다한 일은 제가 해야 합니다 왜냐고 물어보시면 딱히 할 말은 없지만 저 같은 사람이 할 일은 이것뿐입니다 돈도 없고 눈치도 없으면 이거라도 해야 하지 않겠습니까 술이요? 네 가져오겠습니다 고개는 왼쪽이든 오른쪽이든 가리고 마시겠습니다 아이쿠, 잔이 깨졌습니다 제가 치우겠습니다 이건 정말 제가 치워야 합니다 다쳐도 상관없습니다 이미 상처 입은 몸이라 상관없습니다 점차 해가 뜨고 있습니다 오늘도 어영부영 시간이 갔습니다 또 어디론가 저는 불려가겠지요 실수했던 일과 서운했던 일과 감정을 대입한 죄를 판결받을 시간입니다 미안해, 죄송합니다, 고치겠습니다 따위를 반복하고 멀뚱멀뚱 가만히 있습니다 무엇을 잘못한지도 모르고 왜 혼나야 하는지도 모르면서 사과를 반

복합니다 이쯤 되면 연기자가 따로 없습니다 익살맞은 몸짓
과 거짓된 표정으로 모두를 속입니다 오늘 하루도 끝이 났
습니다 나는 누구일까요?

가을

1

걸었다 탐색 없이 걷다가 돌계단이 외로워 보이고 말동무나
해줄까 생각하곤 먼지를 일으키며 앉았다 말은 없었다 간단
한 문장도 없었고 가느다란 숨소리도 없었다 외로운 건 돌계
단이 아니었을지도 모르겠다 앉았던 걸음은 누군가를 빌리
고 싶었는지도 그랬을지도

2

눈썹을 올려 보아도 다리를 늘려보아도 잡히거나 닿는 것이
없다 예외가 있다면 가을 햇살에 그을려진 목덜미뿐이다 목
덜미 하나 빼면 송장이 되어버린다 산송장이 되는 건 싫어
서 움직이고 뛰어본다 하루 종일 같은 일만 반복하는 것이
다 이것이 죽은 자가 기억하는 가을이다

3

이제야 알았습니다 저는 낙화하는 중입니다

청사진

우리는 아직 미혼이라네
청춘의 물결은 지칠 새 없이
여인의 둔덕으로 헤엄치네
배접지를 모래사장에 띄우고
손가락에 깃털을 장식하면
출렁이는 파도 품에 내가 있네
당신의 그림은 무엇입니까
나의 시는 누구입니까
무일푼
바다의 노래를 음미하네
황혼 한 잔
혀에서 맴도니
우리에겐 종착지란 없네
아, 아름다워라
가로등이 떠 있네
여기는 서울
우리는 서울

2호선에 몸을 실었다

피부 깊숙한 곳으로 파동치는 지하철의 울림
이젠 손잡이를 잡지 않고도 버텨낼 수 있는 짬이 생겼다
사람들은 빈자리를 차지하려
새의 모가지에 빙의된 듯 눈치게임을 시작한다

반대편 칸에는 지팡이 없는 노인에게
자리를 안내해주는 소녀가 보인다
마음이 예쁘다 그래서 그런지
기름진 앞머리에서 빛이 뿜어져 나오는 것 같다

안내방송이 흘러나온다
합정, 합정
반사되어 보이는 얼굴을 창문으로 옮겼다

비바람이 불었고 양화대교는 덜컹이고
한강의 표면은 무수한 점을 띄우고 있었다

한 가닥의 빛을 거울삼아 외투를 정리하고
읽다 만 시집을 꺼내고
짝사랑이 즐겨 듣던 노래를 재생했다

혼자 있는 세상인 줄 알았다

바라만 보다가 인사가 늦은 걸 깨달아
급하게 손을 들어보지만
어느새 다음 정거장에 사람들의 얼굴이 보인다

인사 한 번 못한 채 지나갔다
미련만 남은 채 오늘도 지나간다

~대하여

계속해서 아파하고 무너져야 한다 매 순간 의심하고 스스로
에게 부끄러움을 가져야 한다 끊임없이 괴롭히고 자책하다가
도 지치지 않게 가끔은 위로를 건네주기도 해야 한다 우울
함을 사랑해야 하고 믿다가도 싫증을 내고 끊임없이 질문을
던져야만 사랑을 할 수 있다 밑바닥까지 약해져야 글을 쓸
수 있고 상처를 밟아야만 시를 쓸 수 있다 나를 수없이 죽여
야 하는 낭만적인 삶이다

다시, 봄

억장이 무너질 때가 있었지요

나의 우주는 선잠이 든 사이 와르르 무너지고
벚꽃은 봄바람 한 소절 부니 흔적도 없이 사라지더군요

미운 말과 각진 단어로 세상을 괴롭혔어요

나는 나를 모르고
당신들의 미소가 애증으로 눈에 밟혀 못되게 굴었어요

다음 생에 다시 한 번
인간으로 살 수 있는 기회를 주신다면
아리따운 시선으로 시를 쓸게요

낭만을 동경하는 어여쁜 마음으로

트랜스

그 사람을 잊지 못해
갈비뼈가 쓰라리고
OTL
맛있게 먹은 토스트를
엎어버리고
OTL
어릴 적 서교동에서
스물셋 서교동으로
OTL
네가 날 봤다면
그건 우연이고
OTL
다시 우리 마주친다면
그것은 상극이라네
OTL

같은 홍대
다른 술집에서
우리 술을 마시고
OTL
자주 가던 클럽에서
낯선 이의 품에 젖어
OTL
여기 모텔 어때
오늘 밤 오늘의 너를
사랑해
OTL
우리
지금 죽어도
외로움의 꿈을

발가락에 담배를 꽂아두고

목포에서는 발가락으로 담배를 피운다

삼층 비상계단에서만 가능했던 우리들만의 규칙이다

쓰러진 건조대에서는 인조잔디가 자랐고 복도와 슬리퍼는 요
란하게 정사 중이었다 화장실 구석 칸에는 자위 중인 동료
가 있었고 축구화는 지독한 냄새를 풍기며 우리와 커갔다

자라나지 않는 것이 있었고 나는 가던 길을 멈췄다

죽어나간 담뱃재가 살아나면 멈췄던 길을
다시는 생각하지 않았다

열 개의 발가락으로 담배를 피우면
연기는 연기가 아니라 말과 한숨소리가 되어 돌아왔다

발가락에 담배를 꽂으면
암흑으로 가득 찬 목포의 밤바다가 보였다

한강은 바다를 그리워할까

지난밤에 뒹굴었던 목소리는 어디로
어수룩했던 고백은 다시 침묵으로

다른 이름과 서로의 슬픔이 부딪혀
누워 있던 너의 이마에 내려앉았지

그리워하는 마음은
음미하고 싶은 추억이고
소유하고 싶은 욕심이지

너무 애가 타서
한강을 마셨지
너무 목이 말라서
빗줄기도 마셨지

한 방울도 남지 않으면
어디로 가야 할까
어디로 가야 하지

공복 48시간

꽃가루가 흐드러질 시기에 눈송이가 은밀히 만개했다

얼마나 은밀하고 대담했는지
직감의 촉을 끄집어내도 단 한 입도 먹지 못했다

정수리로부터 전해지는 건 0그램의 속력이 아니라
48시간의 공복이다

참을 인
참을 인
참을 인

셋이면 살인도 피한다는 속담을
셋이면 죽음도 면한다라고 반의를 붙여 뱃속으로 집어넣었다

공복 49시간 째
느닷없던 일들이 끝나면 이 시도 마무리되지 않을까

언더 크레마

일을 마치고 집으로 돌아가는 길임에도
누구에게는 하루의 시작인 새벽 다섯 시

너무 피곤해 합정으로 갈까 그래 담배나 피자 성공하고 싶다
할 수 있어 꼭 부자가 될 거야 사실은 겁나 과연 할 수 있을
까 로또를 사볼까 그냥 다시 태어나자 다음 생에는 재벌 아
들로 태어나야지 또 허튼 생각하네 어휴 아버지 누나 내가
미안해 그런데 어제 프리미어리그는 대박이었어 노래나 듣자
아직까지 사운드 클라우드는 어려워 음 내일은 따뜻하겠지

여러 생각을 하다가
친애하는 커피집 사장님의 말씀이 거리에 가득 찼다

오늘도 고민하면서 걷고 있겠군요

나는 그렇게 길을 밟고 훑고 또 밟다가
홍대입구역 9번 출구에 다다랐다 방금 도착했다는
첫차에 몸을 싣고 빈자리에 앉았다
커피집 사장님의 산미는 하품을 하곤 금방 잠들었다지

첫 담

엇혀사는 엘리베이터를 타고
다섯 층에서 일 층으로

담배를 입에 물다
지나가는 여인에게
시선을 빼앗기고

연기는 치맛자락을 따라
가녀린 뒷모습을 밟고
여인이 남긴 발자취에는
지난날의 추억들로 시를 남겼네

겨울이 오기 전
죽어야겠노라 다짐하며
떨어지는 가을 낙엽

같은 말을 하고 다르게 듣던
우리의 이야기처럼
시월이 남기는
쉼 없는 새들의 지저귐

안개를 벗겨 아침을 씻기고
사랑을 나누자는 엉큼한 햇빛

이게 다 모든 이의 아침이어라

2017

많은 일이 있었다 죽고자 했을 때는 첫눈이 내려와 모든 것
을 사랑으로 품었고 살고자 했을 때는 눈물이 바다가 되어
쇄골 언저리에서 파도를 쳤다

형들과의 술자리에서는 잔을 채우고 병을 나르는 게 다반사
다 뒷정리는 나의 몫이고 재롱을 피우는 것이 새벽을 보내는
방법 중 하나다 계산대 앞에서는 빈 지갑을 들고 뒤에서 자
리를 지키는 것이 나의 주된 일이자 습관이다

겉멋이 들었다는 것을 깨닫고 글 쓰는 일을 멈췄다 앞으로
무엇을 해야 할까 나는 누구인가 당신의 꿈은 무엇입니까
등의 물음은 고요한 밤을 깨우는 지난날의 폭우와 같다

이 시대에 어른은 없다고 한들 나는 어른이 되고 싶었다 어른이라던 당신의 삶은 부서지고 흩날려 죽어가는 꽃이었다 매일을 울었고 매일을 주저앉았다 그렇게 나는 어른이 되지 않기로 했다

나의 스물둘은 미완성의 연속이었다 후회는 산소가 되어 지구를 채웠고 당신은 우주 속의 이름 없는 별이 되어 찾을 수 없는 빛으로 남았다 나는 여전히 불분명한 인간으로 살고 있다

행복해?

무의식적으로 행복해라고 말했어

뜨끔한 나는 어쩔 줄 몰라
시선이 흐려지고
볼이 시꺼멓게 달아올라
벚나무 뒤로 도망치고 싶었어

행복이라는 단어는 어려워
내포돼 있는 깊이가 무서워
그래서 나는 행복을 몰라

모르는 건 창피하고
허영심은 형편없어 보여
그래서 행복은 곧 불행이라고 생각해

근데 왜 웃고 있냐고?

내가 웃고 있다고?

웃음꽃이 피었다고?

너 설마
내가 행복해 보여?

나의 밤

이렇게
어수룩한 밤에

이렇게
시를 쓰는데

모든 이가
사랑해야 할
단어들은 잠이 들고

검은색으로
그려 놓은
나의 마음은
자꾸만 길을 잃고

나의 벗에게

나는 지금 아침에 남긴 발자국을 찾으며 걷고 있다네
의미 없는 걸음의 연속인 나의 청춘이 처량하다며
달빛을 품은 안개가 말해주었다네
'누구를 위한 삶인가' 되묻고 토해내봐도 정답은 없었지
두툼한 언덕을 넘으면 가로등이 줄지어 나를 맞아준다네
매일 밤 나를 비롯해 누군가를 위로해주는 가로등은 말일세
서울 하늘에는 별이 자주 죽어
외로운 사람들이 만들어낸 조금은 작은 별빛이 아닐까
옆으로는 택시기사 아저씨의 외로움이 밤을 적시고
위에서는 가랑비가 내려와 내 마음을 적시고 있다네
눈앞으로 떨어지는 빗방울은
떠나간 사람에게 보내지 못한 눈물이고
길가에 부서진 낙엽은 아직까지 맴도는 나의 미련이라네
이렇게 시를 쓰고 이렇게 감정을 말하며
저 높은 곳으로 날아오르고 싶어도
한없이 부족한 재능과 보이지 않는 꿈의 도착점이
발걸음을 무겁게 한다네
자네와 자주 가던 한강 변두리는
추억이 되어 코밑까지 밀려들어온다네

잔잔하면서도 파도치는 물결은
좌절의 문턱으로 걸어가던 나에게
젊음의 이유, 벅차오르는 감정과
결코 작지 않은 행복을 느끼게 해주었다네
여의도 고층 빌딩 사이로 노을이 지고
세상이 황혼의 색으로 물들어가던 풍경은
어떠한 것보다 아름다웠다네
그래서 나는 오늘 아침에 남긴 발자국을 찾아다니며
시를 쓰고 있다네
비록 오늘 밤 별을 찾지는 못했지만
작지 않은 행복을 되새기고 곁을 채워주는 사람들,
그 외에 것이 들려주는 시상을 응원 삼아 걷고 있다네
나 조금은 알 것 같다네
자네는 알고 있었는가
우리들이 내딛는 걸음이 가장 빛나는 청춘이라는 걸 말일세

2   네가 나오는 꿈이 내 전부였는데

걸을까 우리

봉숭아 물든
볼 뒤로
머리카락 한 올
숨겨놓았네

호수 같은 눈동자
그윽하게 바라보니
슬픔이 서려 있네

저 앞을 봐
은빛으로 물든
찰나의 순간들이
춤을 추고 있어

미인아
우리의 멜로디는
세상을 아름답게 만들지

슬퍼하지 말고
숨기지 말고
두 손 꼭 잡고
걸을까 우리

소니니

버니니 세 개와 소주 하나,
가지런히 섞인 테이블 위에서

"어떻게 섞어야 맛있어요?"

미인은 물었다
나도 모르는 것을 미인도 몰랐다

좋았다
미인도 모르는 것이 있구나
나는 웃었고 미인도 웃었다

욕심 많은 분과 초 사이는
어리석게도 빠르게 달려갔다
내 맘도 몰라주는 바보야
집으로 돌아가는 발걸음 속 빨개진 얼굴로
미인은 말했다

"버니니 반과 소주 반이 최고예요."

미인은 웃었다
나도 웃었고 미인은 눈부셨다

빛의 쐐기가 얼굴의 반쪽을 가리고
어둠이 등 뒤로 가라앉을 때

나의 미인은
주황색의 일출 속으로
눈부셨던 모습으로
곁에서 떠나갔다
하늘만큼의 여운을 남기며

매일 떠오르고
그렇게 떠나가는
나의 태양처럼

잘 자요

누나 저 좀 안아줘요
등 돌릴까요?
사실 말해도 안 들을 거야 알잖아

누나 제가 이불에 집착하고 베개를 끌어안는 건
살결이 무엇인가로부터 위로를 찾는 거예요
어릴 적부터 혼자 지내는 날이 많아서
외로워서 그래요
그러니까 누나 밤새 안고 잘게요

누나 살쪘어요?
뱃살이 꼭 젤리 같아
귀엽다
이리 와요
팔베개 해줄게요
조금 더 가까이 와요

볼은 왜 또 말랑말랑해
뽀뽀해주고 싶어

누나 근데
입술은 달빛으로 가릴게요
한 번 더 마주치면 우리 큰일 날 것 같아

누나 미안해요
햇살이 눈썹을 가리킬 때
서로에게 안녕을 속삭이기로 해요
그러기로 해요
앞으로도

그럼
잘 자요

핑크

네가 자주 쓰는 단어에는 진지함이 없다
그래서 네가 좋다

내가 어둡고 고리타분한 가치관을 써 내려가면
너는 진지함을 알니 사이에 숨기고 눈을 쓸고 있다

너의 뒤에서 핑크색이 떠오르고 있었다

휘적휘적 걷다가 앉았다가
팔뚝을 베고 머리를 맞대고 있으면
핑크 같은 너의 표정에서 바디기 펼쳐졌다

심해 저 끝까지 너를 어질러놓고 싶었다

낮잠을 만지고 있다가 툭, 건드려놓곤
욕심이 선명해질 때 픽, 잠을 자려는 너를
속옷이 남아 있는 자리로 던져놓았다

퇴폐하면서도 아름다운 너의 핑크 아, 핑크

거칠게 다루지 말아줘
떨리는 목소리에 겹쳐 있던 체온이 흔들리고
돋아 있던 마음도 주춤, 했지만
나는 그럴 생각이 없다

무엇인가 흐르고 있었으니
네가 좋아서 꽃가루가 모두 젖었다

춤

입술을 슬쩍 훔치고 달아나자
벅차오르는 수평선으로

마음 위에 선을 그려 무지개를 채워보자
너의 색이 담긴 나의 입술로

크레파스 몇 가지를 집어
파도치는 숨결을 음미해보자

머리카락은 머리카락으로
손바닥은 손바닥으로

우리 함께
침묵하는 오늘 밤을 깨우고

데칼코마니가 된 살결로
몽마르트 언덕을 향해 달려가자

너는 나의 뮤즈

나는 너의 뮤즈
마티스와 함께 춤을 추자

그레이

너는 어쩜 너밖에 모르니
우리는 모르고 싶은 사이가 됐다

전등이 켜지면 너는 먼지처럼 밝아왔다
쓸어도 치워도 닦아내도
너는 내 옆에 누워 있다

먼지는 무슨 색일까
너는 하늘보다 탁한 색
넘겨진 가르마도 그런 색이었다

펼치지 않았던 돗자리에 먼지가 앉았다
그것도 이것도 저것에도
네가 서서히 내렸다

둘이 먹다 하나가 된 물을 마셨다
아, 네가 아른거린다

속이 울렁거렸다
토를 해야겠다 싶어서 토를 했다

하얀 신발에 탁한 색이 묻고
내가 사랑했던 너는 찰랑이게 맑았다지만

체했던 네가 이제야 흘러간다

경기도 화성1

당신은 끓어오르고 나만 식어가는 비등점

한숨과 공기가 닿아 증발해버리는 교차로의 버스정류장

창문 안쪽에서 흔들리는 손과 손을 어긋나는 창문 밖의 시선

나는 발바닥을 들어 한 걸음 디뎠고
너는 더러운 발바닥까지 사랑하는 그런 마음

점과 점을 이어 말 없는 말을 지어가고
웃는 일이 줄어들자 너는 울이버리고

나는 할 일이 없어 흔들리는 바람을 등지고
화성에서 자란 풀떼기를 튕겨내고만 있지

서리 내린 창가 언저리에 남긴 편지

나의 초승달

나의 푸른 새벽

나의 꽃

나의 밤

너를 좋아해

너도 나와 같은 마음이라면

꽃밭에 앉아
너의 이야기를 펼치며
나만의 시인이라고 읽을 거야

희, 미해지는

그녀는 아프다
얼마 전에 헤어졌다며 입을 감춘다

다시 만날 거냐는 물음은 공중으로 흩어지고
그녀는 말끝을 굴리며 눈웃음을 짓는다
반달로 웅크린 눈꼬리에는 내가 있다

마음이 다급해졌다

원하는 대답은 원치 않는 방향으로 흘러간다
떨어진 네일아트와 헤이즐넛은
그녀가 홀짝 마시는 커피잔을 덮쳤다

아프다는 네가 자꾸 웃는다

예뻐 넌 웃는 모습이 예쁜데 입을 가리는 이유가 뭘까
묻지는 않았지만 알 것 같기도 했다

네가 좋아진 거야

그녀는 정리할 것이 있고 나에게 서신을 보낸다는 말을 남겼다
과연 내 곁으로 올까
그녀는 무슨 생각을 하고 있는 걸까

꿈틀거리던 네가 일어선다

혹시 천사는 아닐까
날개는 어디에 숨겨둔 걸까

날개가 보이면 너를 잃는 거야

뽀얀 얼굴로 밤을 비추며 발을 움직였다
횡단보도를 건너는 그녀가 날개를 펼친다

그녀는 아프지만 아픈 만큼 예뻤다

마지막 눈이 내리면

오늘 첫눈이 온다고 했어요

꼬마 녀석으로 돌아가 은하수 같은 눈동자로 기다렸어요
요새 못 보던 무지개가 인사를 걸었고
안개와 비슷한 입김은 겨울을 말했어요
비는 엊그제 내렸고 우박도 함께 내렸죠

첫눈은 오지 않았어요

커다랗던 기대는 서서히 작아졌어요
벽 건너에 사는 아기 고양이가 아쉬움에
울음을 멈출 수 없다고 하네요

그래도 다행이에요

첫눈 오는 날 만나자는 약속을 했다면
우리는 하루하루 보고픈 마음만 구름 위에 쌓아놓겠죠

그럼 우리
마지막 눈이 내리는 날
그때 만나요

눈이 내리면
마지막 눈이라고 그대에게 말할 거예요

오늘 첫눈이 내려도
내일 함박눈이 내려도
거리가 흰색으로 바뀌어도
매일이 마지막 눈이라며 그대에게 말할래요

핑계라 쓰고 보고픈 마음이었다고 고백할게요

경기도 화성2

화성에 가면 편지를 띄우리

너는 붉은 립스틱을 바르고
나는 한때 풀떼기의 사랑을 기록하리

피부에 자유로를 쥐고
덜컹이는 도로가 섣불리 사라지면
아지랑이 같은 손 글씨가 태어나네

버스가 흔들려서가 아니라
나의 마음이 떨려서 흔들리는 것이네

천둥이 번뜩이고 소나기가 내리네
잠시 우울했던 마음이라네

안개는 옷을 바꿔 입고 만남을 준비한다네
햇볕이 밭을 메꾸고 참새를 깨우면
너의 조곤조곤한 발걸음이 화성을 밟고 있네

옛것의 미련에는 걸음이 없네
너를 사랑했었는지
너를 미워했었는지
나는 모른다네

걷지 못하는 몸으로
기억의 흐름을 따라 이곳에 왔네
화성에서 자란 해바라기가 보이고

저 멀리서 너는
조막만 한 손바닥으로 내 이름을 적고 있었네

미워할 수 없는 너는

우리 늘 침묵하지 않고 절망을 함께할 수 있을까

반딧불이 남기는 물음과 마침표

푸르게 날리고 불행처럼 아름다우며
난시처럼 불현듯 번졌다가 흐려지는 너의 형상

물음의 행로와 어색해지는 마침표

어여 가자며 찾으려 해도 지워져가는 의미들

둥그런 마음에 세모가 생기고 다시 그리고 또다시 그리다가
기어코 마지막 페이지를 보고서야 멈출 수 있었다

미워할 수 없는 너는
욕심이었나 사랑이었나

사랑니

끝자락에서 저려오는 것

해를 담았던 턱의 곡선
코 가장자리에 앉은 하얀색의 향기
붉기보다는 맑았던 입술까지
볼때기가 생각했다

나는 부풀었다

곱씹을수록 아려왔고
입을 열수록 허망했다

말과 말은 말풍선을 띄워
무언의 추억을 떠들고

손가락이 먹었던 촉감은
빈곤을 찾으러 떠나갔다

너는 무엇이더냐

어여쁜 밤

걷는 것이 좋다고 한다 조그맣고 잔망스러운 발로 어찌 빠르게도 걸어 다니는지, 가볍게 흔드는 얇디얇은 두 팔은 자꾸만 눈에 밟히고 꽉 쥐고 있는 아가 같은 손을 보고 있으면 심장이 이리 뛰고 저리 뛰어 애꿎은 가슴을 탓해보곤 한다 한 품에 안길 것만 같은 어깨는 나를 다시 한 번 시험에 들게 한다

붉은 입술은 나로 하여금 나쁜 상상을 하게 해 스스로 다그치고 뽀얀 볼과 오뚝한 코, 일 분만 더 마주치면 오늘 하루는 너로 가득 차서 길을 잃을 것만 같아 애써 피했던 동그란 눈은 참으로 위험하다

얼마 전 물들였다는 갈색의 머리카락을 보곤 결국 나의 모든 일상은 너로 가득 차 짙은 구름을 봐도, 무수히 떨어지는 잎사귀를 봐도 네 생각뿐인 오늘날이 돼버렸다

밤이 되었고 하늘을 올려다보니 새삼 알게 됐다

너와 같은 어여쁜 밤이다

앗

아, 삼월이 무서워 계절의 꽃은 피겠지만 나만의 꽃은 오래
전에 시들었거든 다시는 존재할 수 없어

오, 새벽하늘이 어제보다 일찍 빛나고 있어 초점 없는 그곳
으로 달려가고 싶어라

앗, 그녀가 그리워 나 어떡해 사랑의 온도가 더 뜨거워지잖
아 타버렸으면 좋겠어 모든 것이 재로 변하기를 바라

응, 아파 아파서 잠수가 취미야 익사체가 되기는 싫어서 간
간이 문자를 확인해 반가워 너의 연락이 맥박을 뛰게 해줌
으로써 오늘도 외로움을 사랑할 수 있게 됐어

헐, 스물셋이나 됐어 가벼운 말과 무거운 사실들이 나이를
세어주었는데 돌아보니 순간의 추억들이 됐어 신기해 내가
이렇게 살아 있는 것도 그렇고

음, 행복하다는 건 어떤 감정일까 하루하루가 잔인하면서도
시시함의 반복이야 내일이 되기 전에 꿈을 꾸다가 죽어버렸
으면 좋겠어 콱

하수구의 잡초

비가 와서 그런지 많이도 자랐구나

음지에서 울고만 있던 네가 꽃이 되었구나
아름다울 수 없던 너였기에 지켜만 봤던 내가 감동이구나
잡초가 꽃이 될 줄 누가 알았겠느냐

외로움이 지기만을 기다리다 바람 한 줄기에 찢겨나갔던
너였기에
밟히는 것이 습관이 되었던 너였기에
겉으로만 살폈던 내가 가엾어지는구나

빛이 모든 이에게 거름을 내려도 너는 언제나 구석을 찾아
고개를 떨궜고 옆에 있던 싹이 가꾸어진 정원으로 낙하했을
때 너는 비상하지 못하던 뿌리를 원망했구나

어느 이의 찬란한 열매가 부러웠을 거고
구름을 잡아 보지 못한 갈증이 너를 시들게 했구나

몸을 꺾고 기도하던 밤들이여
눈물이 땅을 적시던 장마여
벚꽃과 함께 사라졌던 카네이션이여
잎을 수그리며 울부짖던 네가 자랑스럽구나

나는 알고 있단다
너의 모든 순간을

너는 이제 사랑받을 준비가 됐다
내게로 오라

용기

그런 거 있잖아요
뜨거운 마음을 들키지 않으려 의태어를 남발할 때 참았던
고백을 꺼내놓았을 때 어수룩해지는 어투 방금 전까지 완벽
하다가 보여주면 보여줄수록 창피해지는 혀의 멋

솔직해져 봐요
할 수 있잖아요

해학의 분위기는 접어두고
꾸며내지 말고 끝을 상상하지 말고 두려워하지 마요

앞에 있는 저만 봐요
눈동자만 바라봐줘요 오른쪽 귓가에 서성이는 악마는
신경 쓰지 말아요

내가 있잖아요 내가 이렇게 있잖아
사라지지 않아요 떠나지도 않을 거예요

봄날은 간다(2001)

갈대밭은 알고 있을 거야

갈대와 갈대가 누워 있는 자리는
사랑이 떠나간 흔적이고

흔적을 밟다가
발자국이 선명해지는 것은
떠나간 사랑을 떠나지 못하고 있다는 걸

갈대와 갈대가 지나치는 언어가
허리로부터 들려오면
당신이 침묵했던 이별이고

가을이 지나가고
두 사람이 헌신했던
봄이 와도

나는 여전히
두 손으로
바람을 안을 수밖에

공휴일

멀기도 참 멀다
보고 싶다는 말이 혀에서 끓다가 입천장을 태워버리는 것이
하루의 시작과 끝이었다

서울과 경기도 사이
급해지는 풍속과 함께 이글거리는 지평선을 잡고
시간의 결박을 해방하려 힘과 마음을 모두 쏟아부었다

나의 다른 얼굴이 보이고
다시 내 얼굴을 찾아보면 눈동자에는 네가 있었다
기름과 이슬이 섞여 있는 바람이 불면
주마등을 바라보며 글을 적었다

풍경에 너를 그리며 사랑 노래를 부르리

너에게 손가락을 잡히고
가방끈에 머리카락이 기대어
잠이 들면 우리는 공휴일에 방으로 걸었다
타버렸던 입천장에 너의 뜨겁고도 선선한 혀가 들어오면

그날은 아프지 않았다

무난하던 밤에 비가 내리는 새벽이 되면
그것은 비가 아니라 서로의 땀이었다는 걸 알 수 있었다

예전처럼 오늘처럼 어디 가지 말고 옆에 붙어 있기로 해
우리는 예전처럼 오늘도 같은 약속을 했다

발바닥과 발가락이 살갗을 간지럽히고
밑자락과 가슴이 꼼지락 움직이면

아아, 너를 꼭 찾고 말 테야

애정과 결핍이 만나

있다가 없는 밤이 싫다고 한다
두 개의 방이 달린 집에

내가 있다가 없으면
몸 한쪽이 죽어가는 거라며
쉬어가는 목소리로 조잘거린다

가끔은 옷을 벗기고
나도 함께 벗었다

가끔은 옷을 여며주고
눈을 감았다

목젖까지 이부자리를 올려주었던 일은
살결을 찾던 너에게
쓸모없던 일이었을 것이다

신발장에 구두 두 짝이 없거나
구석에 놓아두던 담배가 사라지면

혼자의 체온이 결핍이 되는
너
곁에 없는
나도 그렇듯

우리는 사라져야 했다

몽상

잠이 들면 살색의 가운을 입은 그녀가 뛰어와요

부끄럼 없는 그림자는 춤을 추죠

그녀가 나타나 제 입술에 사랑을 그렸어요
체액 안에 작년 이맘때를 담아 입안 깊숙이 색을 넣었어요
목 주변을 빨간 립스틱으로 덮고
등 뒤로는 굵은 직선을 열 개나 남겼죠

우리는 서울의 밤을 가장 야한 색으로 칠했어요

재즈는 우리의 방이고 가득 울리는 트럼펫 음표는
참을 수 없어 뱉어내는 화음이에요

부드러운 감촉은 거친 몸짓을 포옹하고 밀물과 썰물처럼
우리는 조석현상이 되어 끊이지 않는 황홀함을 남기죠

커튼 틈 사이로 일출이 드리우면
우리의 사랑은 볼품없어져요 괜찮을 거예요

그녀의 꿈을 꾸면 별을 따다 선물해줬어요
장미꽃도 쥐어 주고 같은 노래를 듣고 같은 살결을 포갰죠

그러니, 저에게 사랑이 아니라 말하지 말아요*

* 이소라, 〈그녀풍의 9집(2016)〉, '사랑이 아니라 말하지 말아요'

화농성 여드름

오랜만이야 위험한 내 사랑

이 방은 값에 비해 누추해
겉은 화려하지만
깊어지면 볼품없어
다 똑같아

내 위로 서식하는 너는
잘 지내는 거 같은데
엉덩이에 처박힌 침대는
임종을 업고 있어
우리는 죽어가는 것 위에서
섹스를 하지
정액이 마를 때까지
살아 있어줘

야릇한 불빛이 너의 무릎을
애무하면
그만하라고?

안에 싸달라고?

상실의 이유를 이제야 알았다

너는 어디에서나 담배를 피우는구나?
허허
빨개질 무렵에 웃었다

퇴실 준비해주세요

척추가 야한 너는
고양이가 되어
분칠을 덕지덕지

기다릴 수는 있다만
언제쯤 무르익을래?

짝사랑1

새벽이 떠나고 아침이 물드는 2월의 일곱 시
당신이 사랑하는 초승달은 고이 저무네

헝클어진 머리칼을 쓸어 넘겨주다 혹여 나의 숨소리가
당신을 깨울까 오늘 밤 고요함에 맞추어 바라만 볼 뿐이네

교정기와 교정기만이 알 수 있는 밀어들
당신의 언어는 새벽 안으로 숨겨놓았네

낯선 이를 경계하던 고양이는 내 곁에 잠들어 당신을 지키네
괜찮아 나는 혼자가 아니었네

솔직해질수록 서러움이 가득 고여 있는 당신의 일기장
나는 말할 수 없었네
나는 침묵을 지켜내야 했네
당신 곁에 머물러 하염없이 응원하고 싶었네

바닷가의 당신이 떠다니고 있네
파도야 멈추어다오
새근새근 휘파람 부는 뒷모습을 지켜주길 바라오

서리 내린 창문 언저리에 편지를 남겨놓았네
일종의 고백은 나만의 것이고
고백의 도수는 당신만이 느낄 수 있네

나는 기다림마저 사랑하고 있었네

외사랑

당신은
조용한 곳에 머물기를 좋아하고 팔 여러 곳에 타투가 새겨
져 있어요 목소리는 말괄량이 같으며 웃음소리는 노랫말처
럼 귓속에서 맴돌죠

당신의
주위로 모여든 벌레들은 모두 남자인 모양이에요 벌레들은
빛나는 걸 좋아하죠 제자리에서 지켜보기에는 질투심이 넘
쳐 부들부들 힘겹지만 어쩔 수 없어요

당신이
언제쯤 제 손을 잡아줄까요 저를 만나고 싶기는 한 건지 오
늘은 제가 어떤 하루를 보냈는지 궁금해나 할까요 아 아, 아
무것도 모르겠어요

당신
생각은 이제 그만 할래요 혼자만의 사랑도 그만 할래요 더
이상 비참해지면 안 되잖아요

그리고 일주일

오늘 하루 다 지나갔다
어제 몰아치던 바람처럼 비처럼

눈 한 번 감았다 뜨니
다 지나갔다

햇빛이 부르던 아홉 시에 블루스
이처럼 달콤한 자장가는 어디 있을까

얕게 비행하던 비둘기
너는 어디로 갔느냐

곁에 있다 곁으로 맴도니
네가 보고 싶다

작은 방 잦은 이별

그녀의 이름은 호기심
단지 나의 생각이다
이불은 체취의 파도
그녀는 날이 되면
뜨거움이 날카로워지면 말했다
불알 밑에 키스해줄까?
멋있어
깊숙하게 더 깊숙한 곳으로
이상해 나 이상해 미칠 거 같아
너는
커졌다가 작아지면
귀여워
만지고 싶어 만지게 해줘 해줄 거지?
사랑해 영원히 널 사랑할 거야

그녀의 눈동자에서 불이 났다
불을 끄면 그녀가 보이지 않았으니
젖을 빨다가
나는 다시 스위치를 켰다

그만 일어나자
놓고 가는 건 없지?

제주도 드림

문득
정말 문득,
눈을 굴리다가
문득

너의 생각이
쿵
쿵
울린다

우리 함께 제주도로 떠날까요?
낮이든
밤이든
언제 어디서든
그대 나의 시가 되어주오

손 글씨로 적은
글자 없는 버킷 리스트

바닷바람과 너의 곡선을 힘껏 껴안기
모래성을 지어 옥상에서 고양이 키우기
맥주 한 캔으로 서로의 숨결에 취하기
물살은 눈물로 눈물은 종잇장으로 떨어져
영원한 작품으로

이러면 안 되는데
안 될 걸 알면서도
너의 깨진 마음들이 파편이 되어
나에게 잔해로 남겨졌다

큰일이다
나 아직
사랑하나 봐

짝사랑2

나는 알아
네가 첫 번째 짝사랑이라는 걸

나는 알지
이 글이 유치하다는 걸

나는 깨달았지
어느 순간부터 너를 연모하고 있었다는 걸

너는 알고 있었지
외로움은 외로움으로 의지해야 한다는 걸

너는 말했지
장미는 언젠가는 죽어 슬픈 마음을 헤아릴 수 없다는 걸

너는 떠났어
사랑은 우리와 어우르지 못할 거라는 문자를 남기고

연기 연가

숨소리가 거칠어질수록 연기는 더러워진다

백이 흑을 이길 수 있는가 이 땅 위에 가능한 일인가
사랑이 언제부터 더럽혀졌나 그전에 사랑이 존재했었는가
의리는 피만큼 진한가
지갑 속에 지폐 한 장보다 얇지 않았던가
없는 자의 여유는 어디 있는가 하늘의 별은 금이 아니었는가

커피잔 끄트머리에서 꿈꾸는 청춘이여
배움과 철학을 나누고픈 자여
삶을 대변하는 배우가 되고 싶은 자여
탁자 위로 떨어지는 눈물에 젖어 하루살이 광대가 될 것인가

주위를 둘러보아라 발자국이 생각보다 작은가
갈 길이 까마득한가 숨이 탁 막히는가
이것이 우리가 살아가는 세상이다

이토록 숨소리가 거칠 수 있는가
세상이 이렇게 더러울 수 있는가

현모양처

서너 살쯤 덜 자란 네가
부끄럽다는 발가락으로
치맛자락 밑에서
좋아해요 사랑해요

고백을 읊조린다

손톱으로 짝사랑을 적는 네가
내 머리맡에 누워 있고
배를 훑고 허리를 감싸다가
입술로 머리칼을 어지럽히면

나는 오늘이 외로운 것이다

서리 내리는 아침 녘에
북엇국을 끓이는 네가
현모양처는 자기 생의 꿈이라고
피어오르는 김을 덮으며
조그마한 눈을 삐죽인다

어리고 어린 네가
부끄럽다는 발가락으로
우둘투둘한 발톱을 긁으며
우리 무슨 사이에요

마침표를 찍는다

좋아해요 사랑해요
운을 떼는 너에게
뾰예진 숟가락에 담긴
입술 자국이
고백을 낭송한다

나는 그저 오늘이 외로운 것이다

콩깍지

예쁘지 마라
그만 좀 예뻐라

우리 아무 사이도 아닌데
눈을 뜨고 다시 눈을 떠도
네가 생각난다

일이 손에 잡히질 않아

너 때문에 사장님한테 혼났어
머릿속을 헤집는 너
어쩌자는 거야

그래도 좋은 게 좋다는 것이

눈치에 치이고
피곤함에 쩌들고
꾸벅꾸벅 고개를 떨어뜨려도

자꾸만 떠오르는
네 생각이
내 가슴도 모르게
붕붕 뛰어다닌다

그만 좀 예뻐라
오늘도 깊은 잠에 들기는 글렀다

어른 아이

때 묻지 않고 영롱하게 빛나던 순수함은 어디로 갔나
소소한 것에 반짝이던 눈망울은 왜 떨고 있는가

손에 쥐어 주던 만 원보다 과자 부스러기를 사랑했고
커다란 백화점보다 주름진 노인의 낡은 슈퍼를 사랑했다

두 손 모아 기도하며 모두의 행운을 바랐던 크리스마스는
나만의 이기적인 빨간 날이 되었고 매년 설레던 새해는
일출과 함께 걱정과 푸념들로 색칠했다

바람이 불자 흩어져버린 초심 부끄러워진 감정
지켜야 할 것은 버리고 버려야 할 것은
끝내 담아두고 있는 모순들

여느 때처럼 길을 걷다가 변해버린 마음이 원망스러워

밤하늘을 보며 별을 찾던 어린 시절을 그린다

집들이

신발이 몇 켤레인지 눈금 재어보다 시야 밖으로 나뒹굴었다
홀수와 짝수를 세어보다가 금방 질려
노란색과 검은색을 하나로 만들고
나머지 것들은 귀퉁이로 몰아넣었다
내성발톱으로 고통을 동반하는 자 악취와 함께
코를 틀어막는 자 고개를 떨구고 다시 일어서는 자
거두절미하고
모두 앉아, 앉아
기다랗게 서 있는 스탠드의 조명을 켜볼까나
스위치를 딸깍 누르니 달빛이 뜨고 안개는 빈 잔으로
여자들의 화장은 카르보나라 크림이 되고
남자들은 헤벌쭉 그저 즐겁지요
예술, 자해, 과거, 미래, 자위, 눈치, 다 필요 없다
오늘만큼은 속 썩이는 것들 모조리 꼬깃꼬깃 꾸겨
쓰레기통에 던져버리고
행복을 찾아 입술을 열어보자
오로지 사랑을 위하여!

깨달음

가끔 이런 생각을 한다

길거리를 걷다가 돈다발을 발견하곤
세상을 향해 만세를 외치는 것
에라, 모르겠다 찍은 복권이 당첨되는 것
옷을 몇 백 벌 사도 가득 차지 않는 옷장을 가지는 것
스시를 종일 먹어도 배가 부르지 않는 것

노력하지 않아도 조바심이란 없는 인생을 산다면
얼마나 좋을까
가끔 생각을 하다가

눈을 뜨고 팔목이 침대에서 떨어지면 고독한 방이었다

깨달은 건 깨달은 게 없다는 사실이다

누이는 방문을 닫으며 울었고 진저리 비슷한 것이
반지하를 더 깊은 반지하로 만들고 있었다

무대륙

이곳은 그 누군가도 존재하면 안 되는 공간이다 예외가 있다면 재즈만이 노래를 하고 시를 쓰고 음성을 전달할 수 있다 아니, 외곬처럼 틀림없어야 한다 어느 순간 사람들의 신음이 새어 나오면 쉬쉬하던 스피커는 각각의 악기로 방어막을 만든다 그래야만 숨을 느낄 수 있는 것이다 이제부터 스피커의 자잘한 모공 속으로 잡음을 숨겨두고 지금의 행위에 집중해보자 샤도네이라는 이름을 가진 와인, 하이얀 피부와 황달기가 맴도는 눈동자를 가졌다 조금은 씁쓸하고 조금은 달콤함, 혀가 내린 정의다 오늘도 취해볼까 빨개진 볼의 온도는 그녀만이 알 수 있다 그녀가 쏟아내던 푸념 이어지는 농 흐려지던 말투가 오늘의 주량을 맺어준다 입에 머금은 것은 나의 동경이고 가슴으로 삼켜낸 것은 알 수 없는 그녀의 행방이다 뜨겁게 식어가는 샤도네이의 도수 그녀가 없으니 나는 더 이상 존재하면 안 되는 것이다 재즈는 시나브로 흐른다 아무도 존재하지 않는 이곳에서

123

미련

너와 다른 시간을 걷다가
술이 가득한 별을 세다가

탁자 위에 밤을 쏟았다

아침에 기지개를 폈을 때
숙취와 너의 기억들은

방구석을 채울 만큼 소란스럽다

투명색의 너를
사랑하는 너를

오늘까지만 맞이하련다

네가 나오는 꿈이 내 전부였는데

달이 몇 번이고 저물었는데 아직까지 몽롱하다
감각은 죽지 아니했고 신경은 온통 너로 향했다

조그마한 입술이 맞닿았을 때
붉은 립스틱 하나가 내 마음을 뜨겁게 만들었다

나는 긴 잠에서 깼다
너는 없다

어젯밤의 꿈처럼

바람

너의 시선을 따라 눈걸음을 옮긴다

눈동자 속에 가꾸어진 정원에는
라일락 꽃 한 송이가 피어 있다

꽃잎으로 모여든 물방울과
스치는 향기
다리에 걸리는 아름다움을 맡으며

그렇게 걷다 보면

네가 바라보는 그 끝에
내가 있었으면 좋겠다

네 앞에서 너를 바라보는
내가 있었으면 좋겠다

과일가게 앞 눈밭 위에서

가슴을 적시던 겨울바람이 떠나갑니다

서린 하늘 밑에서 흘렸던 애증을 멈춰도 될는지요

내 안에 핀 당신은 시들지 않을 것이기에
당신이 떠난다 해도 미워하지 않으렵니다

달력이 넘어가고 당신은 되돌릴 수 없고

시퍼런 봄이 찾아와 가슴을 두드립니다

열

콜록콜록, 기침을 했다

코끝이 울리고
붉어진 마음이 당신을 부른다

옆구리로 가득 찬 당신의 애칭

날것의 숨소리는 두 개로 나뉘고
하나는 당신의 결
남은 하나는 버려지는 것이다

젖다 만 수건이 등골을 먹다가
소리를 내는 것이 어색해지고
끝내
방랑자는 실종되는 것

오늘의 할 일은 이것뿐이다

감기처럼 또는
몸살처럼

몸과 마음이 달아오르는 것

결국 사랑이었다
전부 사랑이었다

소녀는 악마야

기껏해야 0.2는 되나?
두 블록 앞에 있는 간판은
눈썹으로 박수 치고
미간으로 춤을 추고
찌뿌둥한 안구를 지닌 채 봐야
실루엣을 겨우 볼 수 있는데

소녀와 눈이 마주친 순간
귀가 붉게 익었다가
침이 마르다가
목젖이 발버둥을 치다가,
신경을 짜릿하게 자극하다가
시력을 잃어버렸어

너는 뭐니
알고 싶다가도
숨고 싶어지는
뭘까 너는

이럴 거면
전부 앗아가 줘
나를 파괴해줘

나만 몰랐던 사랑

영영 잡지 못할 사랑이거늘 손에 닿기를 바라고 있었다

손가락을 뻗다가 뒤꿈치에 힘을 주다가 갈증이 돋았다

우리의 계절에서 난 참으로 못난 재난이었다
미인은 불행을 바랐을지도 모른다
주님께서 미인의 기도를 들었을까

나는 물 한 모금 없이 사막을 횡단하는 중이다

빈틈없이 안아주는 걸 좋아하던 주근깨였다
굳이 말하지 않아도 눈빛으로 사랑을 확신하던 보석이었다

조금 더,
그대를 안았어야 했다
조금만 더,
그대를 사랑했어야 했다

사랑의 순례

신뢰를 바라는 게 아니라 서로가 쌓아가는 것
믿음을 바라는 게 아니라 서로가 보여주는 것
존중하고 공감하는 우리가 되는 것
마주 잡은 두 손이 애착이 되고 꽃이 되는 것

사랑을 두려워하는 그대에게

착각

손가락은 물결의 규칙처럼 흘러갔다
입술은 물감보다 진한 색조가 되고
이마와 콧볼이 부딪히면 보랏빛 멍이 자주 새겨지곤 했다

그녀의 몸은 우유처럼 새하얬다
하얗기보다는 투명했고 때론 불투명하기도 했다
몸을 섞었던 자리는 우리가 찾았던
여의나루를 옮겨놓은 듯했다

감고 있던 눈을 뜨면 그녀의 허리춤은 흩날리고
단단하면서도 허물기 쉬운 곡선의 끝을 잡고
자신의 세계로 끌어당기면 우물에서 연꽃이 만개했다

살갗에 얼굴이 들러붙으면
피부 속으로 자몽향이 파고들었다
매일 파묻고 마냥 죽고 싶었다

자몽향이었다

사랑은 그대라는 이름

그대의 적나라한 쇄골을 안고 아침을 깨웠다

곁에서 들려오는 소음에게 오스스한 잔머리를 맡기고
연골에 매달린 귀걸이에게 영롱한 은어를 속삭였다

눈을 비비고
엉큼한 손짓은 바짓가랑이에 넣어두었다

관음이 발화하자
침을 만들고 혀를 저어 뿌리를 조준하고는 총성을 울렸다

별 뜻 없다

같이 있고 싶고
아침을 먹고 싶고
저녁을 소화하고 싶다

한마디 덧붙이자면
사랑을 사랑해

첫마디를 적고 벅차오르는 그대들에게

사랑하는 나의 사람들아
첫마디를 적고 벅차오르는 그대들에게

갈라지는 내게
단비를 선물해주고

갈 곳 없는 내게 다가와
쉬어가자는 품을 빌려주고

잠을 잃은 내게 머물러
아침이 되도록 웃음꽃을 띠디 주는
영원토록 과분한 나의 사람들아

서툴고 어눌한 마음이지만
그대들을 깊이 아래까지 사랑하리다

겁쟁이

그대의 입술이 닳아버릴까 겁이 나요

앙증맞은 걸 보면 걷잡을 수 없이 몰아치는
소유욕을 참을 수 없어요

그대의 갈비뼈가 아파할까 겁이 나요

오늘 밤을 담아 껴안다가 혹시나 다치는 건 아닌지
힘을 조금 빼야겠어요

그대의 손이 마비될까 겁이 나요

제 손가락 하나 꾹 쥐고 놓지 않는 아가들이 생각나요

아이고, 귀여운 것

그대가 꽃보다 아름다워서
제가 미칠 듯이 사랑해서
그대가 가볍게 말하는 단어 쪼가리에도
겁이 나요

읽어보는 라디오

1
(첫 번째 사연)
너는 달 나는 구름
숨지 말고 나를 찾아줘
숨기려 하지 말고 나를 비쳐줘

2
(두 번째 사연)
해가 반쯤 숨어갈 때 차가워진 손을 가져가
입김을 솔솔 불어주던 너를 떠올린다
너의 조곤조곤한 사랑의 낱말들이 시렸던 손안으로
빼곡하게 남아 있다

3
(세 번째 사연)
복숭아 같은 이마에 입술을 가져다주니 열매가 열렸다
열매 위에 다른 열매가 열린 건 축복이라고 할 수 있지

국어사전을 펼쳤어요

그대를 표현하자면 잔인하리만큼 고민에 빠져요

수만 개의 단어 중 고르고 골라도 그대의 미소만큼이나
어여쁜 단어가 떠오르지 않아요

세상을 매료시킬 수 있는 강력한 단어가 필요해요

아마 우리말 중에 그런 단어는 없겠죠?

인천에서

나는 왜 아직도 어느 쪽인지 모를 가슴 한구석이 미어터질까
이별은 너를 난파선으로 만들었고
추억이 떠오르면 그때의 너를 침몰시켰어
사랑했던 기억을 침식시키리라 다짐했지
비겁하게도 너는 어딘지 모를 아주 깊은 곳에서
열심히 아가미 짓을 하며 살고 있었다는 거야
요즘은 네가 자꾸 내 앞에서 살아 움직여

설렘에 뛰는 가슴을 다독이며 앉아 있었던
너의 집 앞 정자
버스정류장에 적어놓았던 유치한 낙서들은
나처럼 너를 기다리고 있을까
추위에 떨며 서로에 골짜기를 쓸어내리던 아파트 단지도
언제나 진심을 숨기지 못했던 너의 눈동자도
매 순간 나를 흔들어놓았던 풀어헤친 잔머리도
살이 찐 거 같다며 늘려보던 너의 옆구리도
차가운 내 손에 보일러가 되어주던 너의 입김도
언제나 나에게는 어린 소녀였던 너의 미소를 오늘도 기다려

너를 미워하지만 여전히 그리워해

인천에서 너랑 살 걸 그랬어

나는 너의 기상청

너를 보면 초저녁에 감싸오는 바람이 된다
슬쩍 지어지는 미소와 자연스럽게 찍힌 보조개를 보면
비둘기의 똥마저 아름답게 보인다

태풍이 불면 사나운 너에게서 도망칠 때도 있다
뜀박질은 잠시일 뿐이다
숨을 고르고 다시 너에게로 돌아가는
이정표를 찾는 것이 주기적인 습관이다

비가 되어 가방을 흠뻑 적시기도 한다
우산을 활짝 열고 토라진 너를 간질간질 어루만져 주기 위
해서 빠른 걸음마를 습득하는 일은 기묘한 느낌의 배움 중
하나다

우두두 떨어지는 함박눈이 되기도 한다
하얗게 빛나는 네가 정수리에 쏟아지고
녹아드는 너와 한 몸이 되면 아찔하면서도
정열적인 겨울나기를 하는 것이다

잔인한 무더위로 변할 때도 있다
뜨거워진 우리는 불같은 언어를 들이붓고
권태의 땀을 닦아내며 멀어지기를 준비한다

이별은 늘 그렇다
기상청의 속보처럼 갑작스럽게 다가온다

자장자장 우리 아가

1

전화기 너머로 자장가를 노래했지

너는 그곳에서, 나는 이곳에서 잠꼬대를 상상했어
침대 위에 널브러져 있는 우리는 서로에 품을 찾으며 반쯤
감긴 눈으로 숨소리에 집중했어

잠시 고요한 이불을 덮다가 발장난을 치다가 솜털을 문지르
다가 우리는 키스를 했지

달이 뜨고 별이 찾아오는 밤이면 너를 가슴팍에 꾹꾹 담고
잠이 들곤 해

2

일교차가 심해 한참 덥다가도 시린 공기가 사람들의 몸과 마
음을 얼어붙게 해 되도록이면 유행처럼 도는 감기에 걸리지
않았으면 해 아프면 안 돼 따뜻하게 입고 나가고, 목도리는
꼭 하고 다녀 예쁜 목소리 상할라

무릎 언저리

꽃 내음에 둘러싸인 조그마한 공원 안에서
낮잠을 깨고 따사로움이 짙어지면 나지막이 떠오른다

적적하면서도 때로는 어수선해지는 너의 무릎

두 뼘쯤 되는 틈 위에서 앞머리를 쓸어내리다가
가끔 숱이 빠지고 손등에 한 가닥의 검은 머리가 자라면
뜬금없는 이유를 대며 입술을 먹으러 갔다

무릎을 베고 너의 가지런한 턱선을 흘기며
넘칠 듯 말 듯,
딸꾹질하는 가슴이 무엇을 말하려는지 지켜보곤 했다

하늘과 땅이 뒤바뀌고
구겨 넣었던 조바심이 주머니에서 떨어졌다

손은 어디로도 향하지 않고
네가 늘어뜨린 옷가지를 잡았다

나는 너의 무릎을 어제까지 베고 있었다

변하지 않는 해처럼

삐죽 나온 동그란 어투가 자주 보는 인중을 찔렀다
따가운 게 아니다
사랑하는 것이다

온 힘을 다해 앞으로 내미는 투정에
나도 모르게 얼굴의 절반을 숨겼다

너는 나를 멍하니 쳐다보고
나는 너를 탐구하고 있었다

발바닥을 옮겨 화단으로 향했다

꽃이 폈다
나란히 정리된 어깨를 스치는
너는,
나에게서 피어났다

오늘도 졌다
귀여운 너를 어찌 이기려들 수 있을까

하늘을 봐

이 시간이 되면
해가 저물고 달이 뜨잖아

변하지 않는 해처럼
너에게 매일매일 지고 싶은 게 나의 마음이야

비 내리는 거리에서

우산을 들고 너를 안았다

담장에 피어난 새빨간 장미들에게 눈이 멀어
부끄러움에 안절부절못했다
이리저리 내리던 빗방울이
우산 밖으로 삐져나온 갈색의 머리칼을
천천히 적시고 있었다
이따금 너의 손은 나의 팔뚝을 감싸왔다
나의 초점은 장미로부터 벗어나 너와의 간격을 좁혀갔다
눈을 맞추는 너의 눈이 예뻐서 숨 가쁘게 동그란 이마에
도장을 찍었다
도망치고 싶었다
비를 세차게 맞고 시름시름 앓아도 도망치고 싶었다
너는 알았는지 알고 있었는지 손아귀에 힘을 주고
팔뚝을 끌어안았다
우산을 눕히고 집을 만들었다
얼굴이 빨갛게 피어올랐다

서신

꼬여 있던 이어폰 줄이 스스럼없이 풀리면
횡단보도를 건널 수 있다

신호등 앞에서 동상이 세워졌다가 동사가 되어 움직이다가

개똥을 밟는 일이 잦아지다가 새가 짖는 노래를 붙여보다가

쑥 고개를 넘으면 빙그레 미소가 지어지는 것이다

이 또한 지나갈 것,
뜬금없는 저주를 써보다가

이 또한 사랑해볼 것,
메모장을 열어 글자를 누른다

미인에게 서신이 왔다
읽은 것은 없고 미인의 사진만 뚫어져라 음미했다

진부한 건 싫어

뭐라고 답장을 보낼까
너는 어디니 나는 여기야
아니야, 이것도 아니야

뚜르르
미인에게 전화를 걸었다
미인의 목소리가 꽃잎과 함께 세상에 내렸다

안녕
하늘 봤어?
얼굴에 빛이 앉았고
귓가에는 꽃이 누워 있어
햇빛은 달콤해
그리고 너를 좋아해

3　　　　　힘껏 소리쳤다 들리지 않았을 뿐

목구멍으로부터

출처 없이 떠다니는 울먹거림의 노래
부르는 이 없는 그곳에는 가사 또한 없지요

차오르는 것은 어디에서부터 시작된 것일까

쇳가루 얹힌 낡은 구두로부터
향년 오십 하고 여섯의 검정 양말로부터
부풀어 오르다 부르터버린 허리로부터
괜찮다면서도 떨어지는 마지막 잎새로부터

향초의 애도를 삼키는 일
어금니에서 울리는 잔향을 쓸어내리는 일
가시지 않은 슬픔이 무뎌져야만 하는 일

그대의 음성을 되뇌는 유일한 일이지요

목구멍을 넘어 눈동자로
눈동자를 넘어 그리움으로
그리움을 넘어 그대에게로

하얀 국화 한 송이 들고
그대가 울먹이고 제가 울먹이는 노래에게로

네가 그날을 알아?

12시 33분. 사망

주치의는 담담한 손놀림으로 보고서를 작성했다
미세한 떨림조차 없었다
그에게는 먹고살아야 하는 보통의 일이다

나는 담담한 표정으로 부고장을 만들었다
나약해지면 안 되는 그날이었다
혈육들이 소리치는 곳으로 묻히고 싶었지만

울지 않았다
땀이 눈물처럼 마냥 흘렀다

꿈일까 하는 꿈을 지어내며
숨결을 확인했었다
마지막으로 손을 잡았고
정말 마지막으로 뺨에 입술을 남겼다

처음이자 마지막이었다

믿을 수 없는 날을 지냈다
믿고 싶지 않았던 시간이 지나가고
감각이 느껴졌다
당신 말고 사람들은 움직이고 있었다

당신은 먹고살자고 일만 하다가
죽었다

나는 당신 없이도 먹고살면서
죽기만을 기다리고 있다

그날을 모르는 사람들은
우리만 빼놓고
다 잘 살고 있다

다다이즘

하얀 세상에서는 아파야만 했네
검은색이 도드라지면 바다를 향해 떠났네
그곳이 나의 무덤이자 비석이었다네
한 치 앞도 가늠할 수 없는 종이에 손가락이 베였네
생채기가 돋았던 자리에 또다시 광기가 흐르네
손목에 기록을 그었네
나무의 나이테가 희미해지듯
침묵을 이어가며 사라지길 바랐네
자국이 사상을 대변해주기를 기도했네
나는 몰랐네
일변의 착각은 잠시 부는 바람이라는 것을 몰랐네
누군가 편지를 보냈네
아픈 것은 그만두자는 글자였네
말을 잃었네
그 세계에서 나는 방랑하는 모래였네
떠돌아다닐 뿐 쉴 곳은 없네
비가 내리기를 염원했네
울고 싶었네
모든 것이 죽은 것처럼 비를 맞고 싶었네

가슴으로만 나태해졌네
쉴 곳이 없어 부지런히 손톱을 부시고 있네
검은 세상에서는 어리고 싶었네
이곳은 나에게 벅차다네
무너지기를 반복했지만 멀쩡하기를 반복하네
흰 것도 잃고 검은 것도 잃었네
가야 할 곳은 멀고 내가 있는 곳은 처참하네
있다고 믿었던 사랑은 없었네
없다고 믿었던 이별만 있었네
머물 곳을 둘러보다 다시 바다를 찾고 있네
죽기를 갈망하되 살아가려 발버둥 치고 있네
알 수 없네
나도 세상도 이것도 가늠할 수가 없네
강박이 발작이 되어 상상을 괴롭힌다네
이것이 희열이라네
아픈 것을 더 큰 고통으로 받아쳐야 하네
바람이 좁아터진 방을 흔들고 있네
빗물이 곪아버린 눈물을 가려주네
구름에 다다를 때까지 나는 점을 찍었네

술래잡기

1. 초인종
1-1. 초인종 소리가 들리면 하던 일을 멈추고 정자세로 앉거
나 서 있을 것
1-2. 미세한 인기척에도 반응하면 안 될 것
1-3. 지인들일 가능성이 있으니 생선을 노리는 고양이처럼
살금살금 걸어가 외시경을 확인할 것

2. 문
2-1. 무조건 잠그고 다닐 것
2-2. 택배가 도착했다는 말이나 주인집이라며 문을 열어달라
고 해도 절대 열지 말고 의심부터 할 것

3. 발소리
3-1. 계단에서 울리는 메아리를 경계할 것
3-2. 다른 층으로 걷는 발소리에도 경계할 것
3-3. 집 앞으로 다가오는 소리가 들리면 귀를 열고 몸을 움
츠릴 것

4. 전화기

4-1. 집 전화기는 끊어놓을 것

4-2. 핸드폰은 진동 아니면 무음으로 설정해놓을 것

4-3. 모르는 번호는 절대 받지 않을 것

5. 외출

5-1. 먼저 외출한 사람은 밖에 상황을 집에 있는 사람에게 보고할 것

5-2. 집 주변을 유심히 본 후에 출발할 것

5-3. 정장 입은 남자들이 보이면 바로 도망칠 것

ps. 나 잡아봐라

솔직했더라면

파아란 새벽빛
당신은 떠오르지 않습니다
하이얀 커튼에
당신의 이름을 나열해보며
공허한 구름을 읽어봅니다
당신 저를 사랑하긴 했나요
평생 곁을 지켜주겠다던 약속은
까무룩 잠이 들었나 봐요
어딜 그렇게 가시나
당신의 방 안에
꽃말 없는 꽃을 남겨두고
갇혀버린 저를 버려두고
발자국 한 점 없이 돌아서네요
눈물이 넘쳐나서
하루가 망망대해라 느껴지면
몸에 힘을 주어
잔뜩 헤엄쳐요
빠져나왔구나 생각이 들고
고개를 들면

언제나

당신의 욕조 안에서

당신의 물결 속으로 사무치는 거예요

우리의 체온이 공존했던

당신의 침대에

머리맡으로 등잔을 두고

촛불이 빛을 안으면

당신은 자꾸만

심지로부터 도망쳐요

솔직히 말할 걸 그랬어요

당신이,

잔소리가 그리워서

언어의 가벼움과 붙여지는 무게를 재단할 수는 없지만 진심
이 얹힌 음성은 가늠할 수 있다 그날들의 잔소리는 허공으로
또는 관 속으로 또는 기일이라고 새겨졌다 기억해보자 당신
의 목소리 작아지던 몸짓 주름의 형태 생의 마지막 눈물을

아버지가 죽었대

여보세요
누나 아버지가
아버지가 숨을 안 쉬어
빨리 와
아니다
급하게 오지 마 다칠 거 같아
작은아버지랑 같이 오지?
운전 조심히 하시면서 오시라고
꼭 전해
내가 여기 있으니까 걱정하지 말고

선생님
아버지 죽은 거예요?
아닌데 아니에요
숨소리가 아직 들려요
삐
저 소음만 없으면 들린다니까요
아직 살아 있잖아요
선생님

조금만 기다려주세요
제발
아직 누나랑 작은아버지 오는 중이거든요?
고모는 거의 다 왔거든요?
그때까지라도
살려주세요

아버지
아버지가 죽었대요
말도 안 되는 소리죠
그러니까
말도 안 되는 일이니까
눈 떠요 장난 그만하고
아니면 꿈이라고 해줘요
밥 먹고 산책하러 가야죠
휠체어 좋은 걸로 빌려 올게요
아침 먹고
아버지 좋아하는 과일 사오고
저녁에 몰래 우동 먹고

아프겠지만 주사 다시 맞고
자기 전에 머리 감고
내일부터 제가
귀찮아하지 않고
아침에 일찍 일어나고
밥도 열심히 떠드리고
심부름도 열심히 하고
깨끗하게 씻겨드릴게요
그러니까
이제 일어나요

나타나줘

언제였지 우리 슬쩍 만나 한참 웃었던 날
나무 벤치에 앉아서 담배도 나누었잖아
아마 노란색이었을 거야 그 벤치도 그날에 공기도

치부가 흩날렸던 대화를 기억하니?
서로의 밑바닥으로 내려가 손난로를 쥐여 주고
너 몰래 손을 잡기도 했었지
목적은 없었어 단지 네가 너무 예뻐서 그랬을 뿐이야

그거 알아?
다음 달은 너에게 중요한 한 달이고
나에게는 슬퍼지는 계절이자 기다리던 월이라며
왼발과 오른발을 맞춰 걸으며 얘기했던 거
지금이 그 달이고 그 월이고 그 계절이야

그래서 지금 뭐 해?

그 일은 잘 돼가고 있어?

나는 슬플 예정이었고 슬픈 매일을 보내고 있어

다음 주면 아버지의 기일이야

아무리 기다려도 돌아올 수도 돌아갈 수도 없는 계절이지

그래서 언제 와?

그동안 존재하지 않았던 우리의 빈자리를 만나러 가야지

천천히 와도 돼

넘어지지 말고

다치지 말고

신림로 44다길

날 선 오르막과 감정의 기복을 넘어서야만 올라갈 수 있는 길
오르고 오르다 숨 한 번 고르고 다시 오르고 오르다 보면
가장 가파른 언덕이 이곳의 종착지다

눈송이가 쌓이면 걷지 않고도 내려갈 수 있는 길
한 마리의 펭귄이 되어 남극 대륙을 횡단할 수 있는 길

길고양이의 굽은 등으로 달빛이 흘러내린다
살금살금 걸어가다가 펑펑 울어버리는 존재
너는 나와 같은 아픔을 가지고 있구나

어제는 취했고 오늘은 취하지 않은 밤
그녀의 장례식을 대신할 노래를 들으며
조금은 차가운 바람에 애증을 실어 보낸다

울어야 한다 어제는 울었고 손등은 부르텄지
외로움은 언제까지 동거할 생각인가
찢긴 마음은 언제쯤 나를 죽일 것인가

오르막길은 언제부터 족쇄가 되었을까

떨어지는 눈물은
가장자리를 타고 내리막길을 향해 곤두박질친다
내일이 되면 눈물의 이유를 기억할 수 있을까

힘껏 소리쳤다 들리지 않았을 뿐

1

지치고 지쳐도 괜찮아야 한다고
눈물을 숨기며 울면 안 된다고
가빠지는 숨을 토닥이며 다짐하는데
사실은 어떻게 해야 할지 모르겠어
어른이 되었다고 생각했는데 아니었나 봐

2

신이 있다면 이리도 세상이 슬픈 건가요
절망으로 얼룩져버린 삶을 주신 건가요
터질 것 같은 울음을 참으며 살아야 하나요
한낱 비치는 햇살을 보며 위로받아야 하나요
이토록 어둡고도 비참한 세상을 주신 건가요

3

그대가 강이 되어 흘러간다
돌아올 수 없는 저 먼 곳 발 닿지 않을 어딘가로 흘러간다
세찬 물결이 되어 스산한 물결이 되어 내가 닿지 않을 그곳
으로 흘러간다

디데이

누나 방으로 꼬까신 신고 들어가
서랍장을 슬쩍 열고
붉은 펜을 힐끔 쥐어
죽어가는 달력의 언어들을 빗금 쳤다

살아갈 날은 얼마나 남은 것인가
악의 유희는 때때로 정신을 괴롭힌다

그를 시한부로 날인 찍고
죄가 습관인 사람은 살아가고 선이 업인 사람은 죽어야 하는
생과 사의 정의란 무엇인가

신이 있다고 들었다
예수는 듣고 있다고 믿었다
저를 대신 죽여주세요
간절히 기도하던 날들이 있었다

내일이어도 괜찮다
디데이를 세어보자

그 언덕길에

살아야 하고
또 살아야 합니다

제가 띄우는 숨이
바닷바람처럼
불다가 멈추었다가

바다를 지나가는 길처럼
희미하고 희미해지면

당신이 사는 곳으로
묻히거나 흩날리는 것입니다

제가 밟는 언덕길에
그림자가 드러눕고

연명하자는 약속으로
서로의 새끼손가락을
가져와 안고 있다가

주인 없는 눈물이
뚝
떨어진다면

그 언덕길에는
살아생전 죽어보지 못한
제가 살아 있는 것입니다

미생

그 술집에서 나를 잊으려 하네
한탄이 잔을 채우던 그날을 지우려 하네
굶주려 있던 새벽이 메모지의 날짜를 괴롭히네
나는 뛰었고 기었으며 끓기를 업으로 삼았네
그 사람들은 높은 곳으로 유유히 비행을 시작했네
목덜미에 담이 걸리고 저려오기를 습관처럼 여겼네
작은 날갯짓도 허용될 수 없는,
새로 태어났기에 바라만 볼 뿐이었네
핏줄에서 부끄러움이 간질거렸네
그것은 마음의 모순이었네
사그라지지 않는 두드러기가 시선을 난도질하고 있네
노력하였는가
죽지 않을 만큼이 아니라 죽을 만큼 살아왔는가
어지럼증이 하루살이의 몸통을 비틀고 있네
굽신거렸던 허리가 삐걱대며 밤일을 망쳐놓았네
마른 혀에 단내가 깨어나자 알람이 울렸네
누구보다 열심히 살고 있으나
누구나 그렇듯 같은 언덕을 오르고 있네
헛살지는 않았으나 불사르지는 않았네

넋

여의도 굴다리 즈음에서 익사했습니다
이보다 아름다운 죽음이 있겠습니까

해거름은 강물에서 헤엄치고
건물은 고요히 잠수하고
사람들은 겸허히 애도했으며
노을이 찢어지는 광경에 넋을 놓았습니다

오후 네 시와 다섯 시 사이
예술이 풍경이 되는 시간
빛과 어둠이 공존하는 최후

넋을 잃고
어디선가 저를 부르신다면
여지없이 뛰어들겠습니다

이보다 아름다운 죽음이 있겠습니까

기념일

기념일을 깨운 건
모닝콜이 아니고 보일러가 아니고 잠꼬대가 아니고

당신의 눈물이었다

무엇인가 쏟아지는 날이면
두 팔을 던지고 그리움을 만나러 갔다

이별의 언약을 기억하며

미역국은 봄비가 먹었다
와인은 덤으로 마셨지
축하는 잠시일 뿐이고
의심은 뒤따라오는 아픔이라지

주는 것이 목적이 되어버린 그의 과보
근두운에 화환을 심고 뿌리와 잎사귀에 적은 글자들
무지개 능선을 넘어 사후의 들판으로 실어 보낸다

새벽의 송가

주유소 할아버지 졸면 안 돼요, 차 들어옵니다
백발의 경비 아저씨는 이부자리 안으로 별을 쓸어 담고 있네요
거기 넥타이 총각, 여기서 자면 입 돌아가요
벽 모퉁이에 앉아 단어의 재를 털어내던 도중 일수가방을 든
아저씨 한 명이 시비를 겁니다 예, 그냥 지나가세요
이 시간이면 사진작가 누나는 우울증이 도져 손목을 긋고
있겠네요, 상처는 내지 마 흉터 생기면 마음까지 슬퍼지잖아
의형제의 형은 캔버스를 무릎 앞에 두고 붓을 날리고 있겠
지요, 이젤 하나 구할 돈 없어도 형이 그려낼 낭만적인 청사
진을 기대할게
도로 위에 찍힌 립스틱이 깔창으로 스며들고
삼삼오오 모여 있는 여자들, 고된 하루라 해도 벗이 있으니
즐거워 보입니다
회식이 끝난 자리에는 침 발린 혀들이 굴러다니네요
그대들의 표정으로 마지막을 채우는 도중 슬픔을 쏟아 내던
이어폰이 제 맘대로 죽어버렸어요
저는 맘대로 죽지 못하고 어슬렁거리는 새벽 두 시인데 말이
지요

사월

"일주일 지나면 사월이다 아버지 사월, 이름 예쁘지 않아?"

아버지는 말이 없었다
어떤 생각을 하는지 어떤 표정을 짓는지 알 수 없었다

파출 이모

외롭지요
힘드시죠
저는요
당신의 아들이며
당신의 손자
당신의 똥강아지
당신의 보석
당신의 아가입니다
당신은요
나의 어머니
나의 그리움
나의 귀감
나의 시어
나의 위안입니다
우리의 부모여
살아온 모든 순간들이
그렇듯
오늘도 아름다우십니다

황량

눈썹에 걸린 노란 달빛이
내 마음을 구슬프게 만들었소

여기에는
그대가 없고

잿빛이 맴돌던
목 가장자리와
삼월이 흩날리던
알부민 향기는
기억 속에서 사라져가오

하룻밤 종일 울던 마음이거늘
그대가 무뎌지니
이 세상이 황량하오

달빛으로 서글퍼진 마음

밤이 되면
찾아오는 그대도
나와 같은 마음입니까

예은 추모공원

날씨가 너무 좋은 거 있죠
햇볕이 한강으로 달려들더니 눈부시게 흩날리더라고요 세상
에서 가장 따듯한 색이었어요

계절이 바뀌고 많은 것들이 변했어요
머리카락에 담긴 애증도 잘라냈고요 고단함이 묻은 손톱은
하루살이를 말해주고요 당신을 담은 문신은 하나둘씩 늘어
가고 있어요

많이 늦었죠
당신이 떠나간 세상은 빠르게 변하고 있는데 당신이 머무른
곳은 아직까지 그대로네요 혹여 먼지가 쌓이지는 않았을까
불순물이 있지는 않을까 걱정했어요 아직은 깨끗해서 다행
이에요

당신의 미소가 창밖으로 보여요

십 년이 지나도 이십 년이 지나도, 제가 당신의 나이가 되어도 무엇보다 아름다울 미소는 평생 그곳을 밝히고 있겠죠

당신이 좋아하던 담배를 샀어요

그대의 서랍, 그대가 잠든 작은 방을 열고 당신 곁에 두고 왔어요 집으로 돌아가는 발걸음이 어쩌나 무겁던지

가장 따듯한 색으로 물든 오늘을 나의 아버지라고 읽었어요

보고 싶어요 당신

자책 블루스

우유는 먹지 않고 과자만 먹은 건 제 탓입니다
일곱 살 동갑내기 소녀의 고백을 받지 않은 건 제 탓입니다
수학을 싫어했던 건 제 탓입니다
구몬 학습 선생님이 꼴 보기 싫었던 건 제 탓입니다
열두 살에 축구선수가 되겠다고 한 건 제 탓입니다
노력은 배신한다며 울고불고 했던 건 제 탓입니다
키가 남들보다 작은 건 제 탓입니다
열여덟에 담배를 배운 건 제 탓입니다
첫 키스를 두 번째 키스라고 우긴 건 제 탓입니다
축구에 재능이 없었던 건 제 탓입니다
축구를 그만두고 글을 쓰겠다고 다짐한 건 제 탓입니다
어머니가 집을 나간 건 제 탓입니다
아버지가 아프셨던 건 제 탓입니다
병원에서 이 모든 일을 남 탓으로 돌린 건 제 탓입니다
아버지가 돌아가신 건 제 탓입니다
스물두 살에 장례를 치른 건 제 탓입니다
임종을 지키면서도 울지 못했던 건 다 제 탓입니다
대신 죽지 못했던 건 다 제 탓입니다
누나가 혼자 울었던 건 제 탓입니다

얹혀사는 주제에 집안일을 하지 않은 건 제 탓입니다
로션 바르는 소리 때문에 욕을 먹은 건 제 탓이야
눈치 보는 게 싫어서 집을 나가겠다고 한 건 제 탓입니다
누나를 외롭게 만든 건 제 탓입니다
그럼에도 시를 쓰고 싶다고 말하는 건 제 탓이야
언젠가는 잘 될 거라고 짐작하는 건 제 탓입니다
내 사주는 성공할 사주라고 허풍 떠는 건 제 탓입니다
하루라도 행복하고 싶다고 찡얼대는 건 제 탓입니다
오해를 부르고 다니는 건 제 탓입니다
스물셋에 짝사랑을 한 건 제 탓입니다
퇴근길에 노래를 듣고 펑펑 울었던 건 제 탓입니다
지금 이 순간에도 시를 쓰고 있는 건 제 탓입니다
전부 다 제 탓입니다

비염

쌀쌀한 날씨 덕에 쌓여 있던 옷가지를 하나둘씩 꺼냈다
겉옷을 걸친다든가 바지 안에 바지를 겹쳐 입는다든가

하나에서 둘이 되면 책갈피에서 눈이 내렸다

콧등에 송골송골 땀이 맺히면
당신의 줄거리는 예상치 못한 비극을 맞이하는 것이고

휴지로 얼굴을 닦다가 또 다른 얼굴이 보이면
그건 당신이 즐겨보던 아이의 생김새가 아니다

근육을 조이고 날개를 펼치면 인중으로 책이 떨어진다
도서관이 녹아내리는 기이한 국면을 맞이하는 것처럼

얼굴을 관찰하고 있었다
잘생긴 보조개가 흥금을 털어놓고 있다

무제

작고 나약한 인간을 구원해주소서
죄를 지어도 죄를 모르기에 깨닫게 해주소서
폭풍우가 불기에 흔들릴 수밖에 없고 살아가고 있기에
죽기를 갈망하는 저희를 부끄러운 마음으로 안아주소서
없는 자와 아픈 자를 보살펴주소서
기회를 내려주시고 사랑으로 보답해주소서
한낮 햇살과 함께 목소리를 들려주소서
못되고 어리석은 자를 보살펴주소서
바다에 빠져 허우적대는 자를 건져주소서
손을 뻗어주시고 힘을 바라주소서

주님
나의 주심
믿음으로 일으켜주시고
못난 마음까지 사랑해주소서

죽으려 하지 않을 것이니
이렇게 살아 있으니
어린 양을 보듬어주소서
주님 저를 찾아주소서

소낙비

너의 해는 어디로 갔나
안개 품고 단잠에 취했네

보고 싶은 내 마음
비처럼 쏟아지는데

어디에 숨겨야 할까

빗소리가 내는 앙상블
나지막이 부르는 자장가

누구에게 들려줘야 하나

가늘게 더 가늘게
내리는 빗물은
더 나은 볕이 되고자

검은 머리를 적시네

APRO

아버지의 손바닥 그 손금 안에 얽힌 이야기를 펼치고
꽃들이 가득한 구름 위를 걸었다

우리들이 쏙 빼닮은 반곱슬 위로
하얗고 고운 꽃가루가 다소곳이 앉아 있고

아버지가 피웠던 웃음은
천국 어느 자리에서 하나의 국화로
살아가고 있나 보다

반주가 흘러가던
4분
축복,

영원한 상상

가시

담배를 연달아 물었다

빈 깍 하나가 골반 주머니에서 덜렁거리기 시작했다
살찐 젖가슴에서 허한 느낌이 들었다

나무를 보지 말고 숲을 보라 하셨고
먼발치에서 숲을 보다가

지리산이 옷을 벗고 있었다

사천오백 원을 버는 일보다 줍는 일이 쉬웠다
반은 모래, 반은 페인트로 덮인 길바닥에서
행인이 피다 만 담배꽁초에 몸을 태우면

산불이 크게 번지고 있었다

소주를 먹어볼까, 고민을 하다가
홀로 남은 빈 술잔이 고독을 따르고 있었다

그때야 보였다

우리 집 가족사진

당신이 잠든 사이에

당신의 눈을 감겨 드리는 것이 두렵습니다
오늘 이 밤도 침대 언저리에 앉아
같은 새벽을 보낼 것만 같기에
당신이 없는 하늘 아래는 하염없이 고요합니다
해가 뜰 때면 구름이 되고 밤이 찾아오면
그림자가 되어주던
별처럼 노랗게 빛나던
당신의 눈동자가 그립습니다

사몽思夢

잠깐의 꿈속에서 당신을 잃어버렸다

쓰러지던 음성은 조각조각 바스러지고
당신의 알부민 향기는 바람을 타고 날아갔다

이십이 년간 나의 우주였던 당신이 보이지 않는다

훔쳐진 당신을 찾으러
죽어가는 오늘을 지새운다

훔쳐간 밤, 마지막 향을 붙이며

7계명

하품을 하고 눈물이 흐르고
소매로 닦아내고
하품을 하고 눈물이 흐르고
소매로 닦아내고
하품을 하고 눈물이 흐르고
소매로 닦아내고
하품을 하고 눈물이 흐르고
소매로 닦아내고
하품을 하고 눈물이 흐르고
소매로 닦아내고
하품을 하고 눈물이 흐르고
소매로 닦아내고
하품을 하고 눈물이 흐르고
소매로 닦아내면

닳아진 소매가 말하네
슬픔은 이제 그만

준비

작별 인사를 기다리고 있어
내일이 되면 떠나야 한대
마음의 준비를 하라는 거야
똑딱이는 시계 소리에 가까스로 버티고 있는
발가락들이 바스라질 것만 같아
눈물이 터질 것만 같을 땐 허벅지를 세게 꼬집으며
겨우 마음을 다독이고는 해
아픈 그대 앞에서 괜찮을 거라며 재롱잔치를 열었어
못 다 쓴 시도 적고 춤도 추고
간지러운 애교도 부리고 노래도 불렀어
B 병동 의자에 앉아 있는 간호사 몰래
어묵을 사오기도 했어
휴게실 구석에서 울지 않고 맛있게 먹었었지
오늘이 어제가 되는 자연의 섭리가 미워
영원히 함께 하고 싶어

어느 누구보다 잘하고 있어
어두운 기색 없이 잘 버티고 있어
잘하고 있어 우리

겨울이 지나가도

진눈깨비가 명멸하는 시 주위로 모여들었다

보슬보슬 다가와 겹겹이 쌓여갔다
융통성 없는 움직임으로 젖어가는 글자를 말리고 있었다

지구 반대편에서 넘어온 바람이 기승이었다
척추로부터 으슬으슬이라는 전보를 받았다
움직임은 격해지고 몸짓은 사나워질 때쯤

꽤나 잔잔했던 당신의 부고가 또다시 밀려 들어왔다

속수무책으로 당했다
내일이 되면 잊을 수 있을까?

진눈깨비가 그치고 움직임도 그만했다
세상도 멈칫거렸다

반지하 우리 집

지하로 내려가 녹이 내린 현관문을 열었다 신발 끈을 순리대로 푸는 건 여간 쉬운 일이 아니다 귀찮음을 무릅쓰다가 땀방울이 구레나룻을 타고 젖까지 내려왔다 닭살이 시건방지게 돋는 느낌이 들어 신발 끈을 홀딱 벗기고 여러 개의 신발들 사이로 내팽개쳤다 귀찮으면서도 귀찮지 않은 일이 끝나면 언제나 그렇듯 적막한 고요함이 반겨온다 평소에 들리던 시계의 부지런한 발걸음 소리와 냉장고의 코골이 어항 속 물고기들의 아우성은 가족의 부재가 울부짖는 반지하에서 눈치를 보듯 작은 소리로 속삭이고 있다 가족이 돌아와 정적을 깨트릴 때가 있다 눈물을 가슴으로 먹는 소리 흐느낌을 억지로 쓸어내리는 소리가 반지하에 울리면 신발 끈은 풀려 있다가도 다시 묶어졌다 순리대로 사는 건 여간 쉽지 않다

석양이 지면

우린 앞으로 나아가지 못하고
서성이는 발자국으로 긴긴밤을 지새우네

자꾸만 이어지는 물음에 빠져
돌아가는 방법을 잃고
그림자 주위로만 맴돌 뿐이네

잘하고 있다는 말에
한 방울의 물이 떨어지고
언젠가는 잘 될 거라는 말에
그것이 눈물이었다는 것을 깨달았네

정류장에 그대의 부고가 없으면
머무르다 기다리기를 반복하고
이름 모를 꽃이 누워 있는 자리에는
피다 만 담배가 향을 대신하고 있네

지나가는 휘파람 곁에는
아무도 없고
나는 홀로 남아 바닷가를 지켰네

그래서 나는 걸을 수도
날을 수도, 헤엄칠 수도 없다네

"뭐 하는 사람입니까"
라고 운을 뗀다면

난 자꾸만 말을 더듬고
석양을 기다리고만 있네

한무극(3월 23일)

경훈에게
형이 마음이 먹먹하니
정신이 없어
둘러대고 나왔구나
사는 게 이렇냐, 그치?
세상에서 가장 슬픈 게
사랑하는 이 떠나보내는 거
형은 그리 생각하는데
근대 그걸 겪은 후론 세상이 담담하고
무서울 게 없어지더라
동생들이랑 같이 왔는데
따로 들어가 절한 이유는
형은 형만 따로 너희 아버님께
인사드리고 싶었다
처음 뵈니까
어머니 생각이 스치는데
견디지 못할 것 같아 일어섰다

경훈아
오 년이 지나도 아직도
그녀가 그리운 걸 보면 이게
자식인 거지?
너도 가셨다 생각 말고
너의 마음속에서 다시 숨 쉬실 거니까
네 가슴을 부여잡고
살아가렴
남자답게 그리고 너희 아버님의
아들답게 살길 바랄게
할 수 있다
형도 하니까
내일 발인 잘하고

초가 꺼지면 다시 붙여야 되는 거니
그 자리를 지키고

— 한무극이

상하차

위로 올라가는 일은 어렵고
아래로 내려가는 일은 수월하다고들 하는데
살자고 발악하는 모든 일들이 뭔들 쉽겠냐는 말이다

"레일."

낚싯줄처럼 촘촘히 쌓인 택배를 내리고
그러다가 물고기가 걸리고
파닥거리는 형체가 허리를 찌른다

거미줄 같기도 했다
하루살이가 있고 꽤 무거운 나방이 얽혀 있기도 했다

다 희미해지고 나만 발버둥 치고 있었다

느슨해지는 줄을 팽팽하게 당기기 위해 혀를 내민다

"레일."

사람은 없고 자판기가 내려주는 커피와 코코아
언청이 아저씨와 욕쟁이 청년은
흘러내리는 얼굴로 줄담배를 먹고 있다

지나치는 얼굴이
익숙해지면 괜찮다는 말과
다 할 수 있다는 말을 남기고
지나가는 가랑비 속으로 사라졌다

"레일이요."

나는 다시 굽혔다 일어서기를 반복한다

아이야

인간의 육체를 지녔음에도
빛 바란 도자기 같은 너를 보고 있으면
천국의 르네상스가 따로 없구나

가슴에 지닌 진주 목걸이가 눈부시구나
진주의 생애를 묻지 않아도
만물의 가장 고귀한 보석이라는 걸 알고 있지
너도 함께 아름답구나

느릿한 몸짓과 쳐진 눈가로 소중한 하루를 뺏어가는구나
천천히 굴리는 말의 자태는 요염하면서도
이성을 단숨에 홀리는 특별한 힘을 가지고 있지

어지럽구나
열매가 맺고 오로라가 트이는 곳이면
너의 음성이 아지랑이가 되어 살아 움직이니
멈춰 있지 않고 영원한 공기가 되어 나의 심장을 두드려주니

너를 바라보는 것이 좋구나
미동 하나 없이 시선을 지키는 것이
이렇게 떨릴 줄 알았겠느냐

아이야 나의 어린아이야

잠이 들면 꼭 꿈을 꾸거라
언제라도 찾아갈 테니

독고집

위스키와 와인
물때 자국 세 잔
IdH 재떨이
저건 별이고
요건 인공위성이야
장군이 왈왈
처녀 귀신 스르륵
진짜 무섭단 말야
해먹 있는 젊은이
박스 줍는 아버지
술 먹이는 여자들
청춘 청춘 청춘
촌스러운 젊음의 문장
또 낭만 다시 낭만
오 나의 낭자는 어디에
고독을 독고라 읽었으니
형은 취한 거고
깊어지는 짙은 밤이
수염에 먹이를 주지

어깨에 앉은 예술

종아리가 삼킨 모기

어디에도 여기에도 핏자국이

타투머신

난 몰라

당신은 당신이고 나는 나

한들 내가 아닌 순간들은

작업실 벽 곰팡이로

스멀스멀

술에 깨고

초가 지나

우리는 언제나 옥상

웃었지

웃고 있지

사실

울어 댔어

우리 집 장군이 몰래

일 년의 기록

1

상처를 주고 상처를 받기도 했다 그대의 관한 모든 것을 사랑했지만 익숙함은 잔인했고 헤어짐은 무뎌졌으며 습관은 쓰라렸다

2

타인과의 관계는 쉬우면서도 복잡하다 충고는 귀로 들어왔다가 입으로 나가고 오해는 점차 쌓여간다 타인의 기분과 그들의 분위기를 위해 감추고 멈추는 사람이었다 나를 조금 더 보듬어줘야 했다 조금 더 나를 사랑했어야 했다

3

새벽의 반지하 집은 어두웠다 가난한 지갑은 구석으로 몰아가 이곳저곳 사정없이 고통을 주었고 무너진 가족은 다시 일어설 수 없다는 걸 알았다

4

사계절은 아팠다 자꾸만 무너지게 했던 기억을 잊어버릴 수 있을까, 계절을 아로새기지 못하고 터벅터벅 걸었다 12월의 내린 눈은 발바닥을 적셨다 사르르 밟히는 눈꽃은 추억의 한 조각이 되겠지

5

우리는 아쉬웠고 서운했고 아팠으나 행복했고 사랑했던 여럿 복잡한 감정 속에서 마지막을 보낸다 매년 조금 더 나은 사람이 되길 바라는 다짐 무수한 단어들로 그려낸 소망을 저 달에게 기도해본다

그림자

더불어 사는 세상이라고 한다
누구의 시낭송인가
경험에 의한 읊조림인가
확신할 수 있는가

당신의 그림자가 진실된 몸짓이라면
기꺼이 춤을 출 수 있겠는가

믿을 수만 있다면
사랑을 사랑이라 읽고
함께의 의미를 묘비에 눕히고
손금을 잡고 천국을 걸을 수만 있다면

나는 더불어 살 수 있다

앞머리에 걸려 있던 물음이
뺨으로 흐르다가 손끝으로 떨어지다가
그림자의 발끝을 흐리면

밤은 나빠지는 거야

우리 조금 덜 진지해지자
그렇게 살자

일어나서 세수하고
밥 먹고
일하러 가고
그러자 우리

뚜악

가슴에 꽂히는 대답은

뚜악

각진 것이 박히는 소리는

뚜악

절절 메인다
절절하다가 가볍게 내리다가
속수무책으로 쏟아지는

뚜악

가슴에 멍이 새겨졌다

당신에게 유언을 남깁니다

당신은 던힐을 폈더랬죠
저는 말보로를 피웠고요
한 달 전에는 다른 담배를 자주 사곤 했죠
피어오르는 연기는 바람을 타고 흩어지죠
제 곁을 떠난 당신처럼요
병원을 갔더니 의사 양반이 담배를 끊으라고 하더군요
축농증이니 비염이니 알레르기니
고름이 가득 찼다며 정색을 하시더라고요
깊이 들이마시는 것은 당신이고
숨을 뱉어내는 것도 당신인데
저도 모르게 우울해지는 날이면
여기 없는 당신에게 기대보려
연기 품으로 달려가는 저인데
어떻게 당신을 잊으라 합니까
사랑하는 사람을 두고
먼 길을 떠난 당신을 기억하려
어제와 오늘 그리고 내일의 시간 속에서
재 하나 남김없이 부어 추억을 그렸더랬죠
당신을 원망할까

당신이 사는 세상을 저주할까
고민인 척 푸념을 쏟아내다가
침묵하는 밤하늘과 마주쳤어요
뭇별은 고요하고 당신의 눈처럼 빛났었죠
반년 동안의 부재 속의 오늘
담배 석 개비를 불에 적시며
당신의 부고를 접어두고
스물둘 삶의 유언을 남깁니다

아팠던 당신만큼 저도 아프겠습니다.

저 말고 모두가 노는 밤입니다

2019년 1월 11일 초판 1쇄
지은이·정경훈

펴낸이·김상현, 최세현
책임편집·조아라, 양수인, 김형필 | 디자인·최우영

마케팅·김명래, 권금숙, 심규완, 양봉호, 최의범, 임지윤, 조히라, 유미정
경영지원·김현우, 강신우 | 해외기획·우정민
펴낸곳·팩토리나인 | 출판신고·2006년 9월 25일 제406-2006-000210호
주소·경기도 파주시 회동길 174 파주출판도시
전화·031-960-4800 | 팩스·031-960-4806 | 이메일·info@smpk.kr

ⓒ정경훈(저작권자와 맺은 특약에 따라 검인을 생략합니다)
ISBN 978-89-6570-743-1 (03810)

• 이 책의 국립중앙도서관 출판시도서목록은 서지정보유통지원시스템 홈페이지
(http://seoji.nl.go.kr)와 국가자료공동목록시스템(http://www.nl.go.kr/kolisnet)에서
이용하실 수 있습니다.
(CIP제어번호:CIP 2018039918)
• 팩토리나인은 (주)쌤앤파커스의 문학·실용 브랜드입니다.

팩토리나인(Factory9)은 독자 여러분의 책에 관한 아이디어와 원고 투고를 설레는 마음
으로 기다리고 있습니다. 책으로 엮기를 원하는 아이디어가 있으신 분은 이메일 book@
smpk.kr로 간단한 개요와 취지, 연락처 등을 보내주세요. 머뭇거리지 말고 문을 두드리
세요. 길이 열립니다.